Michael Markaris

Der Mykonos-Krimi 13

MYKONOS LOVE STORY 9

Der tote Pelikan

AF221882

Michael Markaris

Der Mykonos-Krimi 13

MYKONOS LOVE STORY 9

Der tote Pelikan

Bisher erschienen:
Band 1 „Griechische Brandung"
Band 2 „Jenseits von Mykonos"

Band 5 „Mykonos Love Story 1"
Band 6 "Mykonos Love Story 2 – Das Goldene Ei"
Band 7 "Mykonos Love Story 3 – Morgenröte über Mykonos"
Band 8 "Mykonos Love Story 4 – Mykonos Speed"
Band 9 "Mykonos Love Story 5 – Rape"
Band 10 "Mykonos Love Story 6 – Der rosa Leopard"
Band 11 „Mykonos Love Story 7 – Die Rückkehr der Leoparden
Band 12 „Mykonos Love Story 8 – Crash-Absturz"
Band 13 „Mykonos Love Story 10 – Photia-Feuer"

Impressum

Titelbild: Shutterstock/Karte Wikivoyage
Copyright Michael Markaris 2018
ISBN 9783752884739
Herstellung und Verlag:
BoD - Books on Demand, Norderstedt

Jeder Band behandelt einen abgeschlossenen Fall, sodass die Bände nicht in der Reihenfolge gelesen werden müssen.
Für das Verstehen der Beziehung ist es allerdings zu empfehlen.

Am Ende von „Mykonos Love Story 1" sind Kommissar Pandis und Angelos gestorben.
Der neunte Teil ist das achte Prequel und behandelt die (meist glücklichen) Monate vor den tragischen Ereignissen.

Während Band 1 auf wahren Begebenheiten beruht, sind die Prequels hinsichtlich der Kriminalfälle natürlich Fiktion.
Dort, wo private Momente zwischen Paul Pandis und Angelos geschildert werden, entsprechen die Darstellungen aber ohne Abstriche der Wahrheit.

Paul Pandis (jetzt Markaris), 53, ist Leiter der Polizei Mykonos.
Angelos Markaris, 28, ist Mitarbeiter beim Geheimdienst EYP und – wohl wichtiger – Pandis´ Ehemann.

Mehr über die Serie ab 01. April 2019 unter **www.mykonos-love-story.de**

Für Angelos

1

„Mein allerliebster Ehemann", hörte Paul aus
der Küche. Und alle Alarmleuchten gingen
an.
Wann immer Angelos ihn „meinen aller-
liebsten Ehemann" nannte, drohte zumindest
eine Überraschung. In seinem früheren
Leben, das keines war, hasste Paul Pandis

Überraschungen wie die Pest. Nun, da er Paul Markaris war, hatte ihn Angelos so oft positiv überrascht, dass seine prinzipielle Abneigung gegen Neues fast verschwunden war.

Etwas anderes blieb einem an der Seite von Angelos gar nicht übrig. Pauls Leben war, seitdem sie sich kennenlernten, eine durchgehende Überraschung.

Gut, auf manches hätte er verzichten können. Die Vergewaltigung durch Loukas und der Anblick von Angelos gefoltertem Körper in Bengasi. Aber beides hatte sie noch mehr zusammengeschweißt.

Anfangs noch unsicher, ob Angelos bei ihm bleiben würde – er war schließlich 25 Jahre jünger – war Paul klar geworden, dass sein Mann ebenso auf ihn angewiesen war wie umgekehrt. Die Eifersucht von Pauls Seite hatte sich in großes Vertrauen verwandelt. Er war dem, was man inneren Frieden nannte, sehr nahe.

„Was möchte mein gutaussehender und blitzgescheiter Gatte?"

Angelos lachte laut auf.

„Das war die Lobpreisung Nummer zwei heute. Fehlt nur noch eine!"

Und Angelos war mehr als gutaussehend. Groß, aber nicht zu groß, dunkles Haar, dunkle Augen, Muskeln – nicht zu viel, nicht zu wenig und tatsächlich klug. Natürlich stellt der Geheimdienst keine Trottel ein, aber Angelos hatte Paul, seines Zeichens Polizeichef von Mykonos, bei vielen Fällen geholfen.

Ehrlich gesagt, war es Angelos, der so manche Mordermittlung in die richtige Richtung geleitet hatte. Er hatte auch auf diesem Feld „überraschende" Ideen, meist zutreffend. Zusammen waren sie auf jeden Fall ein Duo, das nicht zu unterschätzen war. Paul liebte unkonventionelle Methoden. Er war auch vollkommen skrupellos – wenn Angelos in Gefahr war. In solchen Situationen wurde Paul eiskalt und hatte insgesamt sechs Menschen getötet. Nicht ermordet, denn die Opfer waren Abschaum und wollten ihm seinen Lebenssinn rauben. Und das war Angelos.

2

„Du hast morgen Geburtstag, mein alter Mann!"

„Das weiß ich selber. 54. Damit liegen jetzt 26 Jahre zwischen uns", knurrte Paul.

„Aber doch nur bis zu meinem Geburtstag. Und: hat es bisher eine Rolle gespielt?"

„Nein", sagte Paul.

„Gut, beim Sex merkt man Dir das …"

Und schon flog das Kissen in Richtung Angelos.

„Irgendwelche Beschwerden, Angelos?" Der lachte.

„Aber nein. Wenn, dann ist es erstaunlich, wie gierig man mit 53 noch sein kann. Ich hoffe, das bleibt so."

„Das bleibt bestimmt so. Wo andere Viagra brauchen, reicht es mir …"

„…, wenn Du meine Achseln lecken darfst! Das ist wirklich krank – aber ich liebe es", antwortete Angelos.

„Also Geburtstag!"

„Können wir ihn nicht einfach vergessen?", fragte Paul.

„Bist Du verrückt? Nach all der Mü .."
Beinahe hätte Angelos sich verplappert.
Paul ahnte es.
„Eine Überraschung?"
„Eine?" Angelos lachte lauthals und ging in
die Abstellkammer. Heraus kam er mit einem
Flipchart.
Oben stand „Pauls Geburtstag".

„Du musst mir BITTE versprechen, dass Du an
Deinem Geburtstag alles machst, was ich Dir
sage"
„Ich soll alles machen, was Du willst? Ist es am
Geburtstag nicht gerade umgekehrt?",
meinte Paul.
Angelos druckste ein wenig herum.
„Ja schon, aber das ist eine Ausnahme.
Vertrau mir und verspreche es mir. Bitte!"
Paul lächelte.
„Wie könnte ich meinem Mann wider-
sprechen…"
„…der ja so ein schönes Gesicht hat und
nebenbei im Bett eine Granate ist!"
Paul lachte lauthals.
„Das zählt jetzt aber als Lob drei!"
„Nein, das war ich ausnahmsweise selber!"

Ausnahmsweise? Angelos machte es ständig. Aber es war nicht arrogant, nicht einmal ernst gemeint. So selbstsicher wie er immer tat, war er nicht. Die Entführung und Folter in Bengasi und der Schlaganfall hatten seinen Kopf noch nicht verlassen. Paul bewunderte ihn dafür, dass er trotzdem seinen Humor behalten hat und dankte Gott dafür (obwohl er an den nicht glaubte). Und da er wusste, dass Angelos Lob und Bewunderung aufsog wie ein Schwamm, tat ihm Paul den Gefallen. Auch aus einem anderen Grund: es stimmte alles.

Wenn er darüber nachdachte, was ihn an Angelos störte, so war es nur eines: dass er solange gewartet hatte, sich ihm zu offenbaren. Schon lange könnten sie so glücklich leben wie jetzt ... Ach, egal. Hauptsache es war jetzt so.

3

„Also, mein lieber Paul: das ist der Plan für
Deinen Tag."
Auf dem Flipchart stand:

23.20 Uhr A geht aufs Laufband
23.35 Uhr P geht in die Dusche
23.37 Uhr ☺

Paul musste laut lachen.
Das mit den Minutenangaben musste er vom
Geheimdienst haben.
„Das mit dem ☺ verstehe ich ja. Aber warum
um 23.37 Uhr?"
„Weil ich es hinkriegen möchte, Dich genau
um Mitternacht zum Höhepunkt zu bringen.
Zu dem Zweck hängt in der Dusche jetzt eine
wasserfeste Uhr!"
Paul lachte laut.
„Also gegen diesen Programmpunkt habe
ich garantiert nichts!"
„Dachte ich mir. Und weiter!"

10.00 Uhr Frühstück
10.30 Uhr Geschenk 2

Danach ☺.

„Oh je, wie viele ☺ hast Du denn
vorgesehen? Ich hoffe, ich schaffe das!"
Zur Not kann ich ja eine Viagra einwerfen,
dachte Paul.
„Zur Not kannst Du ja eine Viagra einwerfen",
meinte Angelos.
Schockstarre bei Paul. Wie immer, wenn
Angelos seine Gedanken Wort für Wort
wiedergab.
„Ich habe wieder mal erraten, was Du
denkst! Tja, ich kenne meinen Mann halt!"
Paul schüttelte den Kopf. Unfassbar.
Uri meinte einmal, sie hätten ihre Gehirne
gekoppelt. Da schien etwas dran zu sein.
Angelos küsste Paul auf den Kopf und ging
wieder zum Flip-Chart.
Weiter mit dem Plan:

12.00 Uhr Ausflug 1
15.00 Uhr Bedankungs-☺
19.00 Uhr Dinner
22.00 Uhr Ausflug 2 mit Geschenk Mantzaris

„Heiliger Gott. Zwei Ausflüge? Und ein Geschenk von Richter Mantzaris? Wieso schenkt der mir was zum Geburtstag? Das ist der Letzte, von dem ich ein Geschenk erwartet hätte!"

„So kann man sich täuschen. Das wäre also das Programm. Und ich erwarte jeweils pünktliches Erscheinen", sagte Angelos streng.

„Auch bei der Sache um Mitternacht? Und wenn ich zu früh …?"

„Das weiß ich schon zu verhindern", meinte Angelos lapidar.

4

Um 23.15 Uhr rannte Angelos die Treppe hoch und vier Minuten später hinunter in den Keller. Auf das Laufband, um auch richtig verschwitzt zu sein. Der Sex in der Dusche war beiden der liebste. Dabei läuft zu anfangs kein Wasser, sondern nur Angelos´ Schweiß, den Paul genüsslich vom Körper leckt.

Mein Mann riecht und schmeckt einfach toll, stellte er immer dann fest, wenn ihm Zweifel kamen, ob er noch alle Tassen im Schrank habe.

Erst wenn der letzte Tropfen verspeist ist, beginnt das eigentliche Spiel. Ach ja, dann kommt auch noch Wasser dazu.

Mit der nötigen Vorfreude ging Paul pünktlich nach oben und betrat das Badezimmer. Ihn traf fast der Schlag. Da standen mindestens 50 große, flackernde Kerzen. Wahrscheinlich genau 54.

Wo hatte Angelos nur die Kerzen her? So viele Große hatte nicht einmal die orthodoxe Kirche.

Er musste unwillkürlich lachen, als er die Uhr in der Dusche sah.

Wie kommt man nur auf solche Ideen? Aber es war toll.

Und pünktlich um 23.37 Uhr kam ein hechelnder und heftig schwitzender Angelos zur Badezimmertür herein. Schon der erste Duftschwall sorgte für das, was Angelos „Pauls Anfall" nannte.

Angelos war zärtlich, fordernd. Er liebkoste, er biss – kurzum: er brachte den Hauptkommissar Paul Markaris zur Raserei.

Obwohl dieser sich anstrengte, es war 23.58 Uhr, als dieser einen lauten Schrei von sich gab.

„Mist!", hörte er. „Das ging schon mal daneben!"

„Oh Großer, das war ungelogen unser bester Sex, den wir je hatten."

Und Paul kamen die Tränen. Vielleicht lag es auch an der Kerzenatmosphäre.

„Mein Mann weint. Dann weiß ich immer, dass er glücklich ist. Da bin ich jetzt erleichtert, weil es doch nicht ganz funktioniert hat."

„Nicht funktioniert? Bist Du verrückt? Hast Du mich nicht schreien gehört?", sagte Paul breit lächelnd. „Schöner kann ein Geburtstag nicht beginnen! Ich liebe Dich!"

Er küsste Angelos zärtlich.

Der schaute auf die Uhr.

„Oh je, jetzt haben wir es verpasst!"

Es war 0.02 Uhr,

„Herzlichen Glückwunsch, mein alter Mann. Was soll ich Dir wünschen?", fragte Angelos.

„Dass Du mich nie verlässt", war Pauls Antwort.

„Wenn Du nicht Geburtstag hättest, wäre ich jetzt sauer. Ich werde Dich nie verlassen. Das würde ICH nicht überleben."

5

Um 08.30 Uhr wachte Paul auf. Es dauerte ein wenig, bis er begriff, warum.
Es roch nach Rauch, nach Verbranntem.
Es würde doch an seinem Geburtstag keinen Hausbrand geben?
Er sprang aus dem Bett und bereute die heftige Bewegung sofort. Das Geburtstagsständchen forderte seinen Tribut.

Er öffnete die Schlafzimmertür und stand in einer Qualmwolke. Paul rannte die Treppe hinunter. Der Rauch kam aus der Küche.

Als er die Tür öffnete, saß dort ein frustrierter Angelos mit hängenden Armen.

Paul riss die Fenster auf und küsste seinen Mann auf den Kopf.

„Ich habe auch Nummer zwei verbockt", sagte Angelos bedrückt.

„Erstens war Nummer 1 brillant und zweitens?"

„Ich wollte zum Frühstück die Hefekrönchen backen, die Du so magst. Ich hab die schon zwanzig Mal gemacht und ausgerechnet heute gehen sie mir daneben.

Schau Dir das Desaster an!"

Auf dem Herd stand eine Auflaufform – mit Briketts. Alles war komplett verbrannt.

Auch der Rest der Küche sah aus wie ein Schlachtfeld. Dann ging endlich der Rauchmelder an.

„Na bravo. Bis das Ding anschlägt, ist man ja verkohlt", sagte Paul lachend.

Angelos schaute betreten.

„Es tut mir leid. Ich bin eingeschlafen und habe den Küchenwecker nicht gehört. Ich bin ein Idiot!"

„Du stehst um halb acht auf, um mir Hefekrönchen zu backen?", fragte Paul ungläubig. Gut, Angelos kochte gerne und gut. Früher bestand Pauls Ernährung hauptsächlich aus Airfast-Chicken, Airfast-Chicken und Pizza, dann wieder … Sie wissen schon. Aber auch hier stülpte dieser Mann den Hauptkommissar komplett um.

„Natürlich wegen Dir. Ist ja Dein Geburtstag. Hoffentlich geht meine Pechsträhne nicht weiter!"

„Ach was. Außerdem können wir die Briketts gut als Beetbegrenzung im Garten verwenden!"

„Machst Du Dich über mich lustig?"

„Überhaupt nicht. Dass Du überhaupt aus dem Bett gekommen bist!"

Paul lachte, zog Angelos hoch und sagte: „Komm, wir legen uns nochmal hin bis … wann ist der nächste Programmpunkt?"

„Um 10.30 Uhr. Aber das kann gar nicht danebengehen, da bin ich mir ganz sicher."

Paul fuhr ihm durch die Haare und lächelte ihn an.

6

Das Frühstück – wenn auch ohne
Hefekrönchen – war schnell erledigt. Angelos
drängte zum nächsten Programmpunkt. Und
Paul war noch viel zu müde, um mehr als
einen Kaffee zu sich zu nehmen.
„Großer, auf Deinem Plan steht ‚10.37 Uhr ☺'
Das muss ausfallen. Ich bin vollkommen
erledigt"

„Nein, nein. Glaube mir, das geht bestimmt!"
Er ging um die Ecke und kam mit einer
Schachtel zurück. Rosa Papier – Paul lächelte.
Er hatte ein einziges Mal erwähnt, dass rosa
seine Lieblingsfarbe ist.
„Das wird Dir helfen, die Tage zu überstehen,
an denen ich nicht da bin", sagte Angelos
und strahlte.
Die Tage, an denen Angelos zu irgendeinem
Einsatz musste, waren der pure Horror. Es war
nicht der fehlende Sex, der fehlende Geruch.
Es fehlte einfach alles. Als wäre eine Hälfte
von ihm weg. Er aß fast nichts – und er starb
jedes Mal fast vor Angst, dass Angelos etwas
passieren könnte.
„Über diese Tage kann mir nichts hinweg-
helfen, Angelos!"
„Warten wir es ab!"

Paul öffnete die Schachtel und in ihr lag ein
Flacon mit der Aufschrift „Angelos No. 5".
„Noch nicht ausprobieren! Erst die
Geschichte!"
„Ich weiß ja, dass mein Mann eine gewisse
Vorliebe hat. Ich habe also drei Wochen lang
nach dem Laufen auf dem Band den
Schweiß mit einem Löffel aufgefangen und in

ein Glas gegeben, bis es gut voll war. Nun war mir klar, dass das nicht haltbar ist und ranzig wird. Also bin ich zu Sahas, dem Parfümladen, habe ihm die Geschichte von Deiner Vorliebe erzählt …"

„Ich bringe Dich um!"

„Ach was. Das wusste er schon. Steht irgendwo auf Facebook. Egal. Jedenfalls meinte er, man müsse es mit Alkohol versetzen und vielleicht ein wenig Zitrus und Bergamotte beifügen. Voilà. Der Duft für einsame Tage. Ich wusste aber nicht, wie es riechen sollte, denn ich rieche mich ja nicht. Also bin ich zu Miguel …"

Paul wurde hellhörig und Angelos lachte.

„Nun, ich habe ihn zuerst an mir riechen lassen und dann 30 Minuten später an dem Parfum. Ich muss sagen, das Ergebnis war, äh, erstaunlich."

„Und was habt ihr in den 30 Minuten dazwischen gemacht?", fragte Paul, aber mit einem Lachen.

„Wir haben einen Cappuccino getrunken, Herrgott. Und ja, er hat mich die ganze Zeit angehimmelt. Glaube mir, so toll ist das auch wieder nicht. Es gab jedenfalls keinen Körperkontakt, wenn Dich das beruhigt!"

„Du könntest Miguel einen Eimer Essig hinstellen. Wenn Du Deine Füße reinstellst, würde er ihn trinken", sagte Paul.

„Er bekam also in beiden Fällen eine Erektion, die Du hoffentlich ignoriert hast!"

„PAUL!"

„Entschuldige. Der arme Kerl. Er ist ja sowas von verknallt in Dich!"

„Oh ja. Das spielt auch bei Ausflug Nr. 1 eine Rolle."

Paul schaute das Fläschchen an und sagte: „Wie kommt man nur auf so eine Idee? Allein der Gedanke …"

Zeigt, dass Angelos sich überlegt hat, wie er Paul ein bisschen von seiner Einsamkeit nehmen könne. Und zum zweiten Mal an seinem Geburtstag stiegen ihm die Tränen hoch. Ihm, ehemals Paul Pandis, die zweibeinige Rüpelhaftigkeit, wie Richter Mantzaris ihn einmal bezeichnet hat.

„Mein Mann weint. Juhu! Endlich hat etwas funktioniert!"

Paul nahm Angelos in den Arm und sagte nur „Danke!"

Dann allerdings machte Angelos einen Fehler. Er sagte: Nun teste es doch mal!"

Paul nahm den Flacon.

„Sahas meinte, man sprüht es sich am besten auf die Oberlippe, nicht auf den Innenarm!"
Paul tat wie geheißen – und sah plötzlich Sterne. Das war ein Anschlag auf seine Sinne. Ihm wurde schwindlig und dann begann er zu knurren.
„Oh nein", sagte Angelos.
Er rannte die Treppe nach oben, Paul hinterher. Angelos versuchte, die Türe zuzuhalten, aber Paul drückte sie auf und warf Angelos aufs Bett. Dort riss er ihm das Hemd vom Leib und die Knöpfe flogen nur so durch den Raum.
20 Minuten später sagte ein gutgelaunter Paul: „10.37 Uhr ☺ erfüllt!"
Angelos lag neben ihm und sagte nur:
„Ich lasse mich scheiden. Der Richter hatte recht. Du bist ein Sexmonster. Mit dem Geschenk habe ich mir wohl selbst ins Knie geschossen."
„Das war das schönste Geburtstagsgeschenk meines Lebens. Mit Deinem Geruch ist ein Teil von Dir immer hier."
Paul kuschelte sich an Angelos. Der sagte nur:
„Aber bitte nicht nochmal. Wir haben nur noch 55 Minuten!"

„Gut. Ich hole die Flasche!"

7

„Ich fühle mich wie 25", meinte ein sichtlich euphorischer Paul. Man saß um 12.00 Uhr pünktlich im Auto. Neben ihm hatte Angelos seinen Kopf auf das Lenkrad gelegt und ließ die Arme hängen.
„Gott sei Dank hast Du nur einmal im Jahr Geburtstag! Monster!"
Er fuhr los, um gleich wieder zu bremsen.

„Stopp! Ich habe etwas vergessen. Beim nächsten Geschenk wird es etwas knifflig.

Vielleicht bist Du böse, weil ich vorher nichts gesagt habe. Aber es ging nicht anders. Sonst wäre es ja keine Überraschung mehr."
Dann fuhr Angelos los. Paul rätselte. Ausflug 1?

Er bog hinter Ano Mera rechts ab nach Ftelia und hielt. „Bitte aussteigen!"
Paul tat wie befohlen.
Angelos zeigte auf eine Wiese.
„Das ist Geschenk Nummer zwei."
Paul schaute Angelos verdattert an.
„Mein lieber Paul. Das nennt man ein Grundstück. Für unser Haus!"
„Du ..Du hast ein Grundstück gekauft?", fragte Paul, noch immer irritiert.
„Nein. Ich habe es geschenkt bekommen. Von Miguel. Es ist sein nachträgliches Hochzeitsgeschenk für uns!"
Paul verschränkte die Arme.
„Soso. Und was musstest Du dafür tun? Raus mit der Sprache!"
„PAUL! NICHTS!", und ganz leise hinterher: „fast nichts."
„WAS HEISST FAST NICHTS?"
„Na ja – er wollte nur eine getragene Unterhose von mir. Die hat er bekommen."

„Mein Mann verschenkt gebrauchte Unterhosen von sich?"

„Warum nicht? Der arme Kerl war ganz
glücklich! Eine gute Tat!", sagte Angelos
lächelnd.

„Grrr. Das war die letzte Unterhose, die Du
verschenkt hast. Wir sind doch kein Angelos-
Fan-Shop!" Aber Paul war nicht wirklich böse.

„Aber halt. Ich habe einen Fehler gemacht.
Das links ist unser Grundstück!", meinte
Angelos.

„Aber da steht ja ein Haus darauf!"

„Na hoffentlich. Es ist unser Haus oder besser
gesagt: zur Hälfte Deines!

„WAAAASS?"

„Freust Du Dich?"

„Natürlich. Aber verstehen tue ich es nicht",
sagte ein konsternierter Kommissar.

„Meine Eltern wollten mir zur Hochzeit ohnehin ein Haus schenken. Gut, dass es jetzt ein
Schwiegersohn statt -tochter wurde, haben
sie überlebt. Und meine Mutter liebt Dich
mittlerweile mehr als mich. Sie haben alles
bezahlt unter der Bedingung, dass ich Dir die
Hälfte überlasse, was ich ohnehin wollte. Und
sollte mir etwas zustoßen, gehört es Dir ganz!
Nun sag schon was!"

Paul zog es vor, in Ohnmacht zu fallen. Gott sei Dank hatte Angelos das Fläschchen dabei.

„Du spinnst einfach", sagte Paul und zog Angelos mit auf den Boden. Dort wälzten sich die beiden im Dreck.

„Das muss ein Vermögen gekostet haben!"

„Hat es. Aber schließlich werden wir darin alt!"

„So langsam glaube ich Dir, dass Du bei mir bleibst", sagte Paul.

„Idiot", war die Antwort.

„Bevor Du jetzt sagst, ich hätte Dich übergangen: es sind noch keine Zwischenwände darin. Unten ist – außer der Toilette – alles offen. Oben auch, außer Bad und Gästezimmer. Du darfst also die Wände einziehen, wo Du möchtest! Wollen wir?"

Angelos zog Paul an der Hand ins Haus. Es war riesig ohne die Wände.

„Das lassen wir so", meinte Paul.

„Genau darauf hatte ich gehofft." Angelos lachte.

„Komm mit hoch auf die Terrasse!"

Sie war riesig und die Brüstung gesäumt mit Oleanderbüschen. An jedem hing eine große rote Schleife.

„Mein großes Geschenk für Dich!" Jetzt bekam auch Angelos feuchte Augen. Er hatte nämlich wirklich die Sorge, Paul könnte sich übergangen fühlen. Der aber war mit Heulen beschäftigt. Und es kam Angelos Spruch: „Mein Mann weint! Er ist glücklich!"

„Und wie! Auch wenn man zum Geburtstag keine Häuser verschenkt!"

„Ich schon. Bin halt ein wenig irre. Und vergiss nicht: der Großteil stammt von meinen Eltern!"

„Lang lebe Merlina!"

Angelos zeigte auf die beiden Liegestühle, „Kleine Pause? Ich habe einen Picknickkorb im Auto. Nur eine Bitte: Jetzt kein ☺."

Paul lachte. „Ich liebe Dich auch so!"

8

„Ich habe mir lange überlegt, ob wir ins ‚Leto´s‘ gehen zum Dinner. Der Koch war Leibkoch bei Gaddafi. Und mit Libyen hab ich es nicht mehr so", meinte Angelos.

„Aber heute ist schließlich Dein Tag."

„Wenn es Dir Probleme macht, gehen wir woanders hin!"

„Dann würdest Du mich zu ‚Airfast Chicken‘ schleifen!" Angelos lachte.

„Nein, nein. Am Geburtstag muss es etwas festlich sein. Und außerdem liegt es direkt neben Ausflug 2!"

„Oh Gott! Ein Ausflug mit dem Schiff?"
Paul schaute entsetzt. Er war nicht schiffs-
tauglich.
„Keine Sorge. Das weiß ich doch."

Punkt 22 Uhr betraten die Herren Markaris
eine große Yacht, die sich Hafenmeister
Kostas „ausgeliehen" hatte.
„Hier schwankt fast nichts", meinte Angelos.
Als Paul an der Reling saß, konnte er zum
ersten Mal an diesem Tag durchatmen – und
nachdenken.
Das war mit Abstand der glücklichste Tag
seines Lebens. Wie lange musste sein
Ehemann an dem Programm gearbeitet
haben? Und dann das Haus? Paul hatte ein
wenig ein schlechtes Gewissen, weil er dazu
nichts beisteuern konnte. Von seinem Polizis-
tengehalt ging das nicht. Aber seinen
Schwiegereltern war er unendlich dankbar.
Offensichtlich war Merlina der Meinung, ihr
Sohn sei bei Paul am besten aufgehoben.
Und das war er. Er würde Angelos nie mehr
hergeben.

Zehn Minuten später legten sie in Delos an.
„Wieso ist hier offen?", fragte Paul verdutzt.

„Weil ich und Mantzaris das arrangiert haben. Hier ist die dazugehörige Karte!"

Lieber Herr Pa ..., ach, ich kann mich noch nicht daran gewöhnen, Herr Markaris! Alles Gute zum Geburtstag! Diese Insel hat Ihnen viel zu verdanken. Und manche Menschen auch! Da ich Ihre Vorliebe für Sex an ungewöhnlichen Orten kenne (ich denke an die Seilbahn oder den Beichtstuhl!), dachte ich mir, dass es Ihnen und Ihrem Mann Freude machen würde, nachts auf Delos „zu Werke zu gehen"! Ungewöhnlicher geht es kaum. Aber machen Sie mir ja nichts kaputt!
Ihr
Richter Mantzaris

Paul lachte lauthals.
„Und das von Mantzaris! Ich hoffe, Du hast ihm nicht auch eine Unterhose geschenkt!"
„Nein. Er mag mich. Und war sofort einverstanden!"
„Na, das war ja sonnenklar!" Der Richter war Angelos wirklich wohlgesonnen. Sonst wären sie bei manchen Eskapaden nicht so glimpflich davongekommen.

„Also? Ausziehen! Und dann wohin? Wir haben etwa 40 Minuten. Ins Amphitheater? In die Therme?"

„Aber nein. Wenn schon zu den kopulierenden Löwen!" Angelos lachte.

So trippelten die beiden Herren in einer lauen Nacht splitterfasernackt zu den Löwen und machten sich ans Werk.

„Hoffentlich gibt es diesmal keine Kameras", flüsterte Paul. Und Angelos schrie: „DU BRAUCHST NICHT FLÜSTERN. HIER IST NIEMAND!"

Kurz vor Vollendung des dritten ☺ hörte Paul ein leises Krachen.

„Angelos!"

„Still! Gleich ist es soweit"

Dann war es soweit. Die zwei kopulierenden Löwen, wahrscheinlich 3000 Jahre alt, fielen vom Sockel und zerbarsten.

„Au weia", sagte Paul. „Zerstörung von nationalem Eigentum. Drei Jahre!"

„Wer kann denn auch ahnen, dass zwei Löwen vor zwei Leoparden kapitulieren?", fragte Angelos und lachte laut los.

„Leopard" war ihr Codename in Bengasi.

„Darüber machen wir uns morgen Gedanken. Vielleicht war es ein Tier?"

„Auf einer kahlen Insel, Du Superermittler? Ein laufender Wal?"

„Ich hab´s: wir bringen morgen früh einen Esel auf die Insel!", schlug Angelos vor.

„Wo sollen wir einen Esel herkriegen?"

„Ich kaufe den von Forlani. Und er bezeugt, dass es ein cholerischer Esel ist. Sehr renitent." Paul lachte laut auf.

„Und wie soll der Esel hierhergekommen sein? Mantzaris glaubt das keine Sekunde!"

„Papperlapapp! Den wickele ich schon um den Finger!"

„Charmebolzen!" Paul grinste.

„Sei froh, dass Du einen so charmanten, gutaussehenden …"

„…und klugen Mann hast!"

„Aber den Esel bringst Du her", sagte Paul.

„Zu Befehl, mein Herr und Meister. Und jetzt komm!"

„Was? Es kommt noch etwas?"

Angelos zog Paul den kleinen Hügel hinauf und hieß ihn sich hinzusetzen. Angelos setzte sich dahinter. Er nahm das Handy und schien eine SMS zu verschicken.

Zehn Sekunden später hörte man den ersten Böller. Dann kamen die Raketen. Und alle in rosa. Wie Sterne prasselten sie auf die beiden hinab. Während all dem leckte Angelos Paul die Ohren.

Gänsehaut hoch drei. Paul raste das Herz vor Glück.

Nach dem Schlussböller sah man auf der anderen Seite Bengalfeuer an der Steilwand: A + P.

„Oh Gott, jetzt falle ich gleich nochmal in Ohnmacht. Ich bin so glücklich, ich könnte jetzt sterben", flüsterte Paul.

„Da hätte ich aber was dagegen! Was soll ich denn allein mit so einem großen Haus?", flüsterte Angelos zurück.

„Hat Dir Dein Geburtstag gefallen?"

Antworten konnte Paul nicht.

„Ah! Mein Mann ist glücklich."

„Ja, das ist er. Mehr als ein Mensch sein kann! Ich habe nur ein Problem: Wie soll ich DAS toppen an Deinem Geburtstag? Ich werde dastehen wie ein Depp!", sagte Paul.

Angelos bog sich vor Lachen.

„Was gibt es da zu lachen?"

„Weil ich auch daran gedacht habe. An meinem Geburtstag verreisen wir. Und ich sage Dir nicht, wohin. So kannst Du vorher nichts organisieren. Das musst Du auch nicht. Mir hat der Tag heute und die ganze Vorarbeit richtig Spaß gemacht. Du weißt, dass ich es liebe, Dich zum Weinen zu bringen. Das habe ich heute drei, nein, vier Mal geschafft!", sagte ein breit lächelnder Angelos.

„Es kommt mindestens noch ein Mal hinzu, wenn wir zuhause sind!"

„Gerne. Hauptsache, kein ☺ mehr heute."

Wie in Trance erlebte Paul die Heimfahrt. Wie soll ein solcher Tag übertroffen werden? Was für ein unglaubliches Glück er doch hatte.

Der einfühlsamste, überraschendste, gutaussehendste Mann der Welt gehörte ihm.

Und wer jetzt sagt: „Gott, ist das unrealistisch und schmalzig." Genau so lief mein Geburtstag ab, abgesehen von der Löwenskulptur. Stattdessen gingen zwei Amphoren in die Brüche.

9

Als Paul am nächsten Morgen – noch voll-
kommen benommen – aufwachte, hörte er
von unten lautes Gelächter.
„PAUL! KOMM RUNTER!"
Er ging vorsichtig die Treppe hinunter, der
Geburtstag hatte seinen Tribut gefordert.
Angelos deutete auf den Fernseher.

„Breaking News: Kulturgut durch cholerischen
Esel zerstört. Auf Mykonos-Delos sei die welt-
berühmte Löwengruppe von einem offensichtlich geistesgestörten Esel vom Sockel
gestoßen worden und zerbrochen. „Es
handelt sich um ein nationales Erbgut von
unschätzbarem Wert", sagte der Direktor des

Nationalmuseums. Der frühere Besitzer des Esels, Herr Forlani, erzählte uns, dass der Esel schon öfters durch seine cholerischen Anfälle aufgefallen war. Eines Tages sei er verschwunden, insofern lehne er jede Verantwortung ab. Er wisse aber, dass der Esel ein guter Schwimmer gewesen sei, denn das Tier sei öfters in seinen Pool gesprungen."

Dann zeigte man Aufnahmen von Delos aus einem Hubschrauber: Dort stand ein angeblich rasender Esel seelenruhig neben einem Steinhaufen.

Die Herren Markaris bogen sich vor Lachen. „Lieber Gott, wann hast Du denn das noch alles gemacht?"
„Ich war um sieben bei Forlani, um acht im Hafen und kurz nach acht auf Delos. Aber ohne Kostas hätte ich es nicht geschafft!"
Der Hafenmeister hatte also wieder etwas gut.
„Und ich musste Forlani versprechen, dass die nächsten zwei Jahre keine Lebensmittelkontrolle kommt", meinte Angelos kleinlaut.
Paul lachte und küsste Angelos.

„Das ist eine typische-Paul-Pandis-Lösung von
früher. Schnell gelernt", meinte Paul.
Doch zehn Minuten später brummte das
Handy.
Richter Mantzakis bestellte die Herren ein.

10

Grimmig schaute er, der Herr Richter.
„Ich bringe euch um. Ich schreibe noch auf
die Karte, ihr sollt nichts kaputtmachen. Und
was macht ihr? Das wertvollste Stück zerlegt
ihr! Allerdings habe ich den größten Respekt
vor Ihnen, junger Mann. In der Geschwin-
digkeit einen Esel nach Delos zu schaffen!
Was mussten Sie Forlani dafür versprechen?
Halt! Ich will es gar nicht wissen!"
Richter Mantzakis schnaubte.
„Die Geschichte kauft uns doch niemand ab.
Forlanis Esel ist der faulste Esel auf diesem
Planeten. Genauso faul wie sein Besitzer.

Vielleicht hätten Sie ihm ein bisschen von dem Gras geben sollen, das Sie geraucht haben, als Sie auf dem Tretboot … Dann wäre der Esel vielleicht in die Gänge gekommen. Herrgott!"

„Und ich kann euch nicht mal bestrafen, weil ich euch auf die Insel gelassen habe. Als ob ich nicht schon genug Probleme hätte!

„Vielleicht können wir Ihnen bei Ihrem Problem helfen", sagte Angelos.

„Das können Sie wahrscheinlich wirklich". sagte Mantzakis.

Er seufzte.

„Mein Enkel ist auch schwul. Also ‚auch' wie Sie. Nicht ich. Ach, das macht mich ganz durcheinander. Ich wollte Sie fragen, ob Sie ihm helfen könnten, wenn er Fragen hat? Fragen! Verstanden? Der Junge ist 17!"

„Gerne. Er kann uns jederzeit anrufen oder vorbeikommen!", sagte Angelos.

„Gut. Die Delos-Geschichte vertuschen wir irgendwie. Ich habe nur eine Bedingung!"

„Und die wäre?", fragte Paul.

„Äh, das würde ich gerne mit Ihrem Mann besprechen, alleine!"

„Aber …", begann Paul.

„PAUL!", sagte Angelos und Paul trollte sich.

„Äh, das ist mir jetzt furchtbar peinlich ...", begann Richter Mantzakis.

Als Angelos drei Minuten später das Gericht verließ, lachte er lauthals, bis ihm die Tränen kamen.

„Was wollte er? Raus damit! Erwischt es wieder mich?", knurrte Paul.

„Nein. Diesmal trifft es mich. Sein schwuler Enkel hat am Sonntag Geburtstag und hatte einen außergewöhnlichen Wunsch!"

„Mir schwant Böses", sagte Paul.

„Er hätte gern eine getragene Unterhose von mir. Sollten wir nicht doch einen Fan-Shop eröffnen? Gott, war dem das peinlich. Du hättest ihn sehen sollen, wie er sich gewunden hat!"

„Na toll. Kaum ist der eine Nebenbuhler, Miguel, weg, kommt der Nächste!", sagte Paul.

„Paul! Der ist 17!"

„Ich will einfach nicht, dass halb Mykonos Unterwäsche von meinem Mann trägt!"

„Du hast nun mal einen gutaussehenden, humorvollen und klugen Ehemann! Freu Dich doch! Hättest Du lieber einen Hässlichen?", sagte Angelos.

11

Petros lief die Matogianni hinunter, die Hauptgasse in der Altstadt von Mykonos. Er tat dies langsam und gemächlich, denn er war doch ein wenig übergewichtig geworden über die Jahre.

Er war 32 Jahre alt. Da konnte sich über die Jahre einiges an Gewicht angesammelt haben. So war es ihm nur möglich, in den Abend- und Nachtstunden durch die Stadt zu flanieren. Durch die Horden von Touristen war es tagsüber schlicht gefährlich.

An manchen Schaufenstern blieb Petros stehen und schüttelte den Kopf.

Was für einen Mist die Leute anscheinend wollten. Egal, er braucht sowas nicht.

Er blieb stehen und blickte zurück.

Es ist schon schön hier, auf alle Fälle schöner als in Hamburg. Dort war er geboren und hatte auch länger dort gelebt.

Bis er nach Mykonos kam.

Er ging weiter und bog auf die Uferpromenade ein. Gerade hatte der letzte Müllwagen die Promenade verlassen und der Kärcher hatten den Dreck und Müll des Tages hinweggefegt. Natürlich ins Meer hinein.

Aber dort störte es niemand. Das Schweröl, das die großen Luxusliner wenige Kilometer außerhalb des Hafens verklappten, verseuchte das Meer ohnehin.

Schade, dass man so wenig Respekt vor dem Lebensraum anderer Wesen hatte.

Petros kam am Fischmarkt vorbei. Der steinerne Präsentationstisch und die Becken waren natürlich um diese Uhrzeit leer.

Erst ab 8 Uhr würden sich hier Fischer und Kundschaft treffen. Aber es war nicht zu vergleichen mit dem Andrang seiner ersten Jahre auf Mykonos.

Es gab immer weniger Fischer, denn im Tourismus war mehr Geld zu verdienen. Und die Fischgründe waren teilweise leergefischt. Große Fischereiboote, eher schwimmende Fabriken streiften durch die Ägäis und

sammelten ausnahmslos alles ein, selbst
Jungtiere, die traditionelle Fischer wieder ins
Meer warfen.

Petros ging weiter zur kleinen Nikolaus-
Kapelle, einem seiner Lieblingsorte bei Nacht.
Die Kerzen der Gläubigen brannten teilweise
noch und erhellten das prunkvolle Innere.
Plötzlich hörte er ein Geräusch hinter sich.
Er drehte sich um. Aber da war nichts.
Seltsam.
Er hätte schwören können …
Doch als er sich umdrehte, sah er die Uferpro-
menade nicht mehr. Vor ihm war es stock-
dunkel.
Er blickte in den Lauf einer Schrotflinte.
Doppelläufig.
Und so verlor Petros seinen Kopf.

12

„Paul! Komm schnell! Ein Mord!"
Angelos hatte wieder einmal vor ihm den
Fernseher eingeschaltet. Berufskrankheit eines
Nachrichtendienstlers. Aber er hatte wie
immer den Ton abgedreht, da er – wie Paul –
das Geschwafel der Sprecher und Reporter
nicht ertrug.
Unten lief die Zeile:
BRUTALER MORD AUF MYKONOS. Unten
konnte man im Laufband noch lesen: „…
wurde auf der Promenade erschossen. Er
wurde nur 32 Jahre alt."
Schon brummte das Handy.
Sokrates, der Bürgermeister.
Vorbei war es mit der Ruhe.
„Pandis! Sie müssen sofort kommen!"
„Erstens heiße ich Markaris, Herr Bürger-
meister!"

„Himmel, als ob das jetzt wichtig wäre",
belferte Sokrates in den Hörer.

„Das ist es aber. Respekt vor meinem Mann,
der für manchen auf dieser Insel den Kopf
hingehalten hat!"

Angelos hörte in der Küche mit und freute
sich über Pauls Wutausbruch. Sie würden sich
schon noch daran gewöhnen.

„Es ist eine Katastrophe. Die ganze Insel
trauert. Und der Hotelverband ist auch schon
in voller Stärke hier!", brüllte jetzt auch der
Bürgermeister.

Pauls Lieblingsfreunde. Immer etwas
verlangen, nie etwas geben oder bezahlen.
Das war das übliche Verhalten dieser Geld-
geier. Die Hotelpreise waren jedes Jahr
explodiert. Spätestens nachdem viele
Deutsche von der Türkei auf Griechenland
„umgeschaltet" haben. Eine Spende an die
Stadt, um die schlimmsten Schlaglöcher zu
beseitigen, auch zum Schutz der eigenen
Gäste – Fehlanzeige.

Paul seufzte.

„Wir sind schon unterwegs", sagte Paul,
schaute Angelos an und verdrehte die
Augen.

13

Auf dem Weg vom Parkplatz zum Rathaus
gratulierten noch einige Kommissar Paul
Markaris. Offensichtlich hatten doch viele das
„A+P" beim Feuerwerk gesehen.
„Hoffentlich haben sie nicht auch den Rest
gesehen", sagte Paul.
Allein die Hoffnung war umsonst.
Der Juwelier Sahas meinte:
„Hm. Seltsame Sache mit der Löwenskulptur.
Damit die umfällt, braucht es schon einen
gewaltigen Stoß!"
Angelos prustete los.
„Kompliment, junger Mann", sagte Sahas und
ging zurück in sein Geschäft.
„Oh Gott", sagte Paul.
„Du darfst also in Zukunft zu den bekannten
Adjektiven über mich das Wort ‚gewaltig'
hinzufügen", meinte Angelos und lachte laut
weiter.

„Angeber!" Aber auch Paul lachte.

Zu Angelos Eigenschaften gehörte auch, dass ihm absolut nichts peinlich war. Nie.

Während Paul mindestens ein Mal im Monat am liebsten in den Boden versinken würde. Entweder wegen irgendwelcher sexuellen Aktivitäten in der Öffentlichkeit oder weil er wieder einmal Hinterbliebene grob beleidigt hatte. Letzteres immer ohne Absicht.

Seit der in Ohnmacht gefallenen Jüdin, der Paul erklärt hatte, ihr Mann wäre doch ohnehin bald gestorben (er war 85), übernahm Angelos das Überbringen von Todesnachrichten.

Bei solchen Gelegenheiten kam seine Rüpelhaftigkeit zum Vorschein.

Wahrscheinlich eine Folge der furchtbaren Ehe, die er 25 Jahre erleiden musste, Gott sei seiner verstorbenen Frau dafür nicht gnädig. Oder es war die logische Konsequenz der Einsamkeit, die er erduldete.

Umso erstaunlicher war für alle Beteiligten, dass sich der scheinbar empathiefreie Kommissar seit Angelos´ Auftauchen in ein schnurrendes Kätzchen verwandelt hatte. Richter Mantzaris hatte Angelos deswegen schon den „Zauberkünstler" genannt.

Kurz: Paul war nicht mehr wieder zu erkennen.
Nur bei Hinterbliebenen kam es mitunter zu
Rückfällen.
Aber Hinterbliebene im klassischen Sinne
würde es diesmal nicht geben.
Nur: das wusste er noch nicht.

Die Herren Markaris betraten das Rathaus
und blickten in ernste Gesichter.
„Welcher Petros soll es denn sein? Ich kenne
mindestens zehn auf dieser Insel", sagte
Angelos.
Paul blieb stehen.
„Soooo? Woher kennst Du denn so viele? Also
ich kenne nur zwei!"
„Ich bin halt etwas kontaktfreudiger als Du!"
„Zweifellos. Hoffentlich hast Du bei Deinen
Kontakten immer die Hosen oben!"
Angelos verdrehte die Augen.
„Oh, Paul! Hör auf!"
„Ist ja schon gut, entschuldige", brummte
Paul. Schwere Fehlleistung. Angelos war noch
nie fremdgegangen. Dessen war er sich
sicher. Warum rede ich dann so einen Unsinn,
fragte sich Paul.

Die Herren betraten das Sitzungszimmer mit den finster dreinblickenden Gesichtern.

„Es ist eine Katastrophe für den Tourismus. Wir sind auf allen Kanälen", quäkte Forlani.

„Was macht denn der Geheimdienst hier?", flüsterte der Bürgermeister Paul ins Ohr.

„Das ist nicht der ‚Geheimdienst', sondern mein Mann", gab Paul verärgert zurück.

„Als ob das nicht alle wüssten – seit der Nacht auf Delos", Sokrates grinste dreckig.

Und dagegen kann man wenig tun: Paul wurde puterrot.

„Der Täter war absolut skrupellos. Er hat dem armen Petros den gesamten Kopf wegge- schossen", meinte Meyer, Geschäftsführer eines österreichischen Hotels auf der Insel.

„Wir müssen den Mörder finden!"

Und alle nickten.

„Könnte ich jetzt vielleicht mehr erfahren? Zum Beispiel wie das Opfer mit Nachnamen heißt?

Wieder blickte Paul in ratlose Gesichter.

„Was soll denn diese blöde Frage?", flüsterte ihm Sokrates zu.

„Pelikane haben keinen Nachnamen!"

„PELIKAN?", schrie Paul.

„Ihr holt mich wegen eines toten Pelikans?
Habt ihr noch alle Tassen im Schrank? Mich
wegen eines toten Vogels von Kalafati
hierherfahren zu lassen?"
Er war fast außer Atem vor lauter Wut.
Meyer grinste.
„Was haben Sie denn schon anderes zu tun,
Herr Kommissar? Ach, ich vergaß: Sie haben
ja ein neues Hobby, wie man auf Delos sehen
konnte!"
Sokrates versuchte noch, Paul festzuhalten,
aber es war zu spät. Er war schon über den
Tisch gesprungen und stürzte sich auf Meyer.
Mit Mühe gelang es Angelos, Paul von
seinem Opfer zu trennen. Der würde am
folgenden Tag ein veritables Veilchen haben.
„Ich zeige Sie an. Sie sind ja gemeinge-
fährlich", brüllte Meyer.
„Und Sie sind schlicht ein Arschloch!"

Paul rauschte aus dem Raum, Angelos
hinterher.
Der Bürgermeister rief noch: „Später in
meinem Büro!"

14

„Du weißt, was das bedeutet?", meinte Angelos.

„Ein getöteter Vogel ist kein Mord. Punkt!" Paul war noch immer auf 180.

„Das meinte ich doch nicht. Du musst garantiert wieder zu Richter Mantzaris wegen Deines Ausfalls!"

Oh Mist!

„Na ja, vielleicht will er ja nur ein paar Socken von mir für seinen Enkel", Angelos lachte.

„Mein Mann, der Vulkan. Da kriegt man ja richtig Angst!"

Paul brummte, hieß: er beruhigte sich.

„Wahrscheinlich sollst Du die Erstbesteigung seines Enkels übernehmen!" Und wieder ging der Blutdruck nach oben.

„Und? Würde ich das tun?", fragte Angelos.

„Nein, wahrscheinlich nicht", sagte Paul leise.

„Wahrscheinlich?"

„Ganz sicher nicht, sry!"

„Was war das letzte, bitte?"

„SORRY. Manchmal bist Du ungnädig",
meinte Paul.

„Immer, wenn Du es brauchst!"

Angelos war sauer.

Jetzt nur keine Stille einkehren lassen. Keine
wortlose Autofahrt, bitte nicht!

„Ich denke, ich sollte gleich zu Mantzaris und
beichten. Dann habe ich es hinter mir. Was
meinst Du?"

Angelos zuckte mit den Schultern.

Das war´s für heute. Paul hatte wieder mal
darauf losgeplappert. Die Strafe war Stille.
Angelos´ schärfste Waffe. Und er wusste es.

Richter Mantzaris verdrehte die Augen.

„Himmel! Muss man so etwas vor zehn
Zeugen machen? So etwas macht man in
einer dunklen Ecke bei Nacht!"

Gab der Richter jetzt schon eine Anleitung für
kriminelle Aktionen?

„Übrigens, Angelos, herzlichen Dank für, äh,
das Geschenk für meinen Enkel!"

„Gern geschehen, Alessandrou!"

Angelos? Alessandrou? Seit wann duzten sich
die zwei denn?

„Schau nicht so blöd, Paul. Wir duzen uns seit der Bitte um das Geschenk", sagte Angelos.

Juhu! Er spricht wieder mit mir. Der Rest ist mir egal.

Pustekuchen.

„Eigentlich bräuchte er mal einen Denkzettel, Alessandrou!"

Paul glaubte nicht richtig zu hören.

„Leider ist Eifersucht nicht strafbar, Angelos!"

„Und das nach der ganzen Mühe, die ich mir bei seinem Geburtstag gegeben habe. Und ich meine jetzt nicht Delos!"

„Es tut mir leid. Ich war wie so oft ein Idiot", sagte Paul kleinlaut.

Keine Reaktion.

„Sperre ihn doch für zwei Tage ein wegen Körperverletzung", sagte Angelos müde.

Was hat er da gesagt?

„Willst Du das wirklich, Angelos?"

„Ja. Und sag Deinem Enkel, er kann in den zwei Tagen bei mir vorbeikommen wegen seiner Fragen."

Angelos stand auf und ging.

Paul saß da wie erstarrt.

„Bitte nicht, Herr Richter!"

„Sie sind das dümmste Rindvieh aller Zeiten."

„Ja, das bin ich. Bitte sperren Sie mich nicht ein. Wenn ich nach Hause komme und er ist weg, dann überlebe ich es nicht!"

„So schätze ich ihn nicht ein. Verdient hätten Sie es aber nicht, wenn er dableibt", meinte Richter Mantzaris.

Ein Rettungsanker fiel ihm noch ein.

„Aber wer soll dann wegen des Pelikans ermitteln?"

„Das kriegt Yannis schon hin!"

Da wusste Paul, dass er keine Chance hat. Und der Richter kannte auch keine Gnade. Zwei Tage wegen Körperverletzung im Amt.

„Denken Sie nach in der Zeit. Und ändern Sie sich!"

15

Und so saß Hauptkommissar Paul Markaris,
zweiter Titel ‚Polizeipräsident von Mykonos‘, in
einer Zelle im Keller des Gerichts.
Wegen Körperverletzung im Amt?
Nein. Wegen anhaltender Dummheit.
Er wird weg sein, dachte Paul. Allein der
Gedanke war so unerträglich, dass er ihm
körperliche Schmerzen bereitete. Er übergab
sich auf den Boden.
Wie kann Angelos nur so grausam sein? Hinzu
kam noch die Einladung an des Richters
Enkel, ihn zu besuchen. Würden die beiden
miteinander …? Die Vorstellung ließ ihn vollkommen verzweifeln.
Und dann dieser Tisch. Er sah genauso aus
wie der Tisch, auf dem er vergewaltigt wurde.
Die gedrechselten Beine. Er konnte nicht
hinsehen.

Er rollte sich – so gut es ging – auf der Pritsche zusammen. Er erbrach sich noch einmal und schlief vor Erschöpfung ein.

Ein Stockwerk höher sahen Angelos und Richter Mantzaris die Bilder aus der Zelle. Es gab in jeder Zelle eine kleine Kamera. Weniger zur Überwachung, denn zur Absicherung, falls etwas passiert. Ein toter Häftling, Selbstmord oder nicht – es ist immer besser, wenn zu sehen ist, dass kein Polizist oder Angestellter des Gerichts im Raum war.
„Mir tut er richtig leid, Angelos", sagte der Richter.
Paul erbrach sich gerade auf den Boden.
„Mir auch. Ich kann gar nicht hinsehen. Aber genau das muss er einmal erleben, damit er sich das nächste Mal erinnert und den Mund hält. Schlimm genug, wenn er so etwas von mir denkt!"
Angelos hatte dem Richter erzählt, was Paul von sich gegeben hatte. Garniert mit anderen Fehlleistungen Pauls.
„Er hätte es doch spätestens an seinem Geburtstag merken müssen. Wer bekommt schon ein Haus geschenkt! Das heißt doch: ich bleibe, komme, was da wolle!"

„Was Du da auf die Beine gestellt hast – da hätte er es endgültig begreifen müssen!", meinte Mantzaris.

„Das hat er an dem Tag auch. Er hat ständig geheult. Tut er immer, wenn er glücklich ist", antwortete Angelos.

„Weißt Du, ich glaube, er wird vollkommen beherrscht von der Angst, Dich zu verlieren. Es ist die nackte Angst!"

„Gebe ich ihm Anlass dazu? Nein. Nie. Ich schaue gar keinen anderen an!"

„Das spielt keine Rolle, wenn Dich Angst beherrscht. Da denkst Du nicht mehr rational!", meinte Mantzaris.

„Und wie kriege ich das weg, bevor es mich in den Wahnsinn treibt?", fragte Angelos.

„In seinem Hirn kreiste wirklich die Vorstellung, ich würde mit Deinem Enkel schlafen. Das ist doch krank!"

„Würdest Du doch nicht, oder?"

„NEIN. Fang Du jetzt nicht auch noch an! Ich hatte zwei Männer. ZWEI! Pavlos, mein erster und dann Paul. Und seitdem nur noch Paul. Ich habe auch keine Lust auf andere. Er begreift es nicht. Oder er vergisst es, wenn er einen Aussetzer hat!"

„Wohl eher das. War das schon immer so schlimm?"

„Nein. Richtig heftig wurde es nach dem Abend, als er vergewaltigt wurde. Das Bild krieg ich nicht mehr aus dem Kopf. Hast Du die Fotos damals gesehen?"

„Nein!"

Angelos wischte an seinem Handy und zeigte Mantzaris die Aufnahmen. Der wurde immer bleicher.

„Oh mein Gott. Ich hatte ja keine Ahnung, dass es so schlimm war. Dass er das überlebt hat!"

„Und ich bin im Grunde genommen Schuld, weil ich um die Gefährlichkeit des Mannes wusste", sagte Angelos.

„Und Paul wollte Dich beschützen, nicht wahr?"

„Ja. Er hat mir verboten, ihm nachzulaufen. Hätte ich es nur getan. Mist! Ich habe noch etwas vergessen! Ich war auch schon dort unten, als man glaubte, ich hätte meinen Bruder ermordet. Damals hat Paul darauf bestanden, mit in die Zelle zu kommen, damit ich nicht alleine bin."

„Angelos. Wer so etwas erlebt", er deutete auf das Foto auf dem Handy, „hat alles Recht der Welt auf einen Dachschaden", sagte Mantzaris.

„Du meinst also, dass es jetzt reicht und ich nach unten soll?"

„Die Frage musst Du Dir schon selbst beantworten."

„Gib mir bitte die Schlüssel!"

Angelos verließ den Überwachungsraum, kam aber wieder zurück.

„Und schalte bitte die Kameras ab!" Mantzaris lachte.

„Aber macht wenigstens dieses Mal nichts kaputt!"

„Das kann ich nicht versprechen!"

16

Paul schlief nicht richtig. Dazu war es zu kalt, zu feucht und er viel zu durcheinander.
In einer gefühlt weiten Entfernung hörte er ein Klicken. Und plötzlich stand Angelos im Raum. Der schaute entsetzt auf das Erbrochene, ging wieder hinaus und kam mit einem Eimer zurück. Er zog sein Hemd aus und begann, das Ganze aufzuwischen.
„Halt! Du brauchst nicht …", begann Paul, aber beim Versuch aufzustehen, rutschte er aus und fiel fast hin. Angelos fing ihn auf. Paul klammerte sich an Angelos mit einer Heftigkeit, als würden Magnete aufeinandertreffen.
„Ich bin ein Idiot", sagte Paul.
„Sei einfach still und leg Dich wieder hin!"

Paul gehorchte und Angelos legte sich hinter ihn.

Paul war glücklich – Angelos würde ihm verzeihen. Der nahm Paul in den Arm und begann ihn zu streicheln.

„Angelos? Ich kann nicht. Nicht, solange …"

„Solange was?"

„Der Tisch. Es ist der gleiche wie der aus der Scheune. Du weißt schon … die gleichen Beine!"

Angelos stand auf, packte den Tisch und warf ihn durch die geöffnete Tür auf den Gang. Dort ging er zu Bruch.

Dann legte sich Angelos wieder zu Paul.

„Möchtest Du gleich nach Hause, Paul?"

„Nein. Lass uns noch ein wenig hierbleiben. Dann begreife ich eher, was für ein undankbarer Idiot ich bin!"

Angelos hätte sich in den Hintern treten können. Was hatte er Paul nur angetan? Er konnte das mit dem Tisch zwar nicht wissen, aber …

„Meinst Du, Du kriegst das endlich in den Griff? Warum sollte ich Dir ein Haus schenken - für uns beide – wenn ich nur daran dächte, Dich zu verlassen? Es ist so absurd!"

„Du hast ja recht. Aber ich habe es schon so oft versprochen. Dann kippt bei mir ein Schalter und dann rutscht mir wieder so ein Unsinn raus!", sagte Paul leise.

Er blickte auf den Boden und sah Angelos´ verdrecktes Hemd auf dem Boden liegen. Paul wusste, es war sein Lieblingshemd. „Nicht mal Miguel würde das jetzt noch anziehen!", meinte er lachend.
„Da wäre ich mir nicht so sicher!"
Angelos zog unter der Decke Pauls Hose nach unten.
„Was, hier?", fragte Paul.
„Etwa kein ungewöhnlicher Ort?", antwortete Angelos.
„Und was Du jetzt spürst, wird nie ein anderer bekommen. Denk daran, bevor es Dich das nächste Mal packt!"

Dann spürte er seinen Mann.
Und war unendlich dankbar.
Und fürchtete sich gleichzeitig vor dem Moment, wenn die Angst aus seinen Einge- weiden wieder hoch ins Sprachzentrum kriechen würde.

17

Paul schlief tief und fest in ihrem Bett, als Angelos ihn weckte.

„Paul, ich fahre in die Stadt. Ich habe mit Sokrates telefoniert, dass ich den Pelikan übernehme, weil Du krank bist. Schlaf einfach weiter!"

Yannis war richtig sauer.

„Angelos, ich bin Pauls Vertretung. Für das hier braucht es keinen Geheimdienst", und zeigte auf die Fotos des geköpften Pelikans.

„Soll ich ‚nein‘ sagen. Wenn mich der Bürgermeister bittet? Das geht wohl kaum. Lass uns das zusammen machen, ok?", meinte Angelos.

„Und was hast Du da in der Hand?", fragte Yannis.

„Einen Laser-Abstandsmesser."

„Und wozu brauchst Du den?"

„Siehst Du gleich. Also auf zum Tatort!"

Es war kaum zu glauben. An der Stelle, an der das Tier geköpft wurde, lagen haufenweise Blumen. Tafeln mit „RIP Petros!" und „Get the murderer" standen daneben.

Bei aller Empörung über die Tierquälerei (oder Tiermord): die Hysterie überschritt die Grenze des Erträglichen.

Neben dem Tatort standen mehrere Tierschützer mit einem Transparent:

„Tiermörder ins Gefängnis!"

Noch immer waren TV-Teams vor Ort, darunter ein deutsches, da der Pelikan ursprünglich aus Hamburg stammte. Auf der Insel ging nun die unvermeidliche Diskussion los: Was macht man mit dem Kadaver? Entschuldigung, Leichnam. Ein Erdbegräbnis oder eine Meeresbestattung?

„Müllkippe", dachte Angelos.

Denn: Zu Lebzeiten war Petros nicht annähernd so populär. Er war mitunter aggressiv, dreckig und stank fürchterlich. Gut, mit so einem großen Maul lässt sich Mundgeruch nicht vermeiden. Und als würde er wissen, wo am meisten im Argen lag, verrichtete er sein Geschäft regelmäßig auf den Stufen des Rathauses. Paul war einmal ausgerutscht und hätte Petros damals schon erschießen können.

Die nächste Diskussion tobte aber schon. Man brauchte Ersatz. Mykonos ohne Maskottchen? Undenkbar! Zumal die Herren Hoteliers noch einmal große Medienaufmerksamkeit erzielen wollten. Diese wäre bei Ankunft des neuen Pelikans garantiert. Wenn der Vogel nicht sofort wieder das Weite sucht, dachte Angelos.

„Jetzt schau Dir das an: die Fotografien von dem Vieh haben letzte Woche noch zehn Euro gekostet, jetzt 25! Das ist doch nicht zu fassen!"

Yannis grinste.

„Was war jetzt daran falsch?", fragte Angelos.

„Nun, Angebot und Nachfrage. Euer Seilbahnvideo kostete zuerst auch nur zehn, als es jeder haben wollte, fünfzig."

„Es hat jemand 50 Euro bezahlt, um Paul und mir beim … zuzuschauen?", fragte Angelos ganz perplex.

„Na klar. Einerseits der Herr Polizeipräsident. Auf der anderen Seite Du mit Deinem Insel-Fanclub! Ich könnte mich nur ohrfeigen, dass ich keine Aufnahmen gemacht habe, als man euch auf der Flugzeugtoilette erwischte!" Yannis lachte.

„Das war überhaupt nicht lustig. Das hat saumäßig wehgetan." Pauls Schließ-muskelkrampf kam zum ungünstigsten Zeitpunkt.

„Also ich mache sowas zuhause", fügte Yannis hinzu.

„Wir halt nicht", antwortete Angelos. „Und die Videos und CDs sind mir egal!"

Paul aber nicht. Der lief jedes Mal puterrot an, wenn er die Aufnahmen sah.

Verstehe ich nicht, dachte Angelos, da könnten die Leute lernen, dass man beim Sex auch durchaus lachen kann.

„Also, wollen wir mal", sagte Angelos auch, um das Thema zu wechseln.

Er kniete sich hin und schaltete den Laser ein.

„Was hast Du vor?", fragte Yannis.

„Ich überprüfe, wer etwas gesehen haben kann. Dazu ist der Laser perfekt. Es geht vor allem um Fenster, bei denen es nicht klar ist, dass die Möglichkeit besteht. Wichtiger aber sind die Kameras. In und vor einigen Läden und Geschäften waren zahlreiche angebracht. Mit dem Laser konnte Angelos feststellen, ob der Tatort im Erfassungsbereich einer Kamera lag. Es dauerte, weil immer wieder ein Idiot (sprich: Tourist) durch die Messung lief.

„Himmel, in dieser Stadt brauchst Du für alles Absperrgitter und selbst die helfen nichts", fluchte Angelos.

„Keine hat den Tatort direkt im Fokus. Aber die des Parfumladens und des Eiscafés ‚Da Vinci' haben die unmittelbare Umgebung im Blick. Und irgendwoher muss der Täter ja gekommen sein. Noch dazu mit einer Schrotflinte. Die versteckt sich schlecht." Angelos sah sich um.

Sowohl im Laden, als auch im Café war die Hölle los. Klar: es lagen sage und schreibe vier große Kreuzfahrtschiffe im Hafen. Terror pur.

„Da müssen wir wohl später wiederkommen!"

18

Als Angelos nach Hause kam, roch er es schon vor der Türe. Paul hatte groß gekocht. Angelos lächelte.
Das macht er immer, wenn wir uns gestritten haben. Eine Art Versöhnungsgeste, die Angelos zu schätzen wusste, denn im Grunde genommen mochte Paul Kochen nicht, obwohl er es gut beherrschte.
Grundregel, wenn man zum Essen eingeladen ist: Man sagt bei Betreten des Raumes: Mmmh, hier riecht es aber gut!
Und es roch wirklich gut.
Angelos ging in die Küche und umarmte Paul von hinten.
„Du hättest kein Versöhnungsessen kochen brauchen. Ich weiß, wie sehr Du es hasst!"

„Irgendein Opfer muss ich ja bringen", sagte ein aufgeräumter Paul.

„Paul, was fallen Dir für Eigenschaften ein von mir?", fragte Angelos.

„Gutaussehend, stark …"

„Im Ernst, Paul, keine Lobpreisungen!"

„Zärtlich, humorvoll, treu und nicht nachtragend?"

Angelos küsste Paul auf den Kopf.

„Damit triffst Du es ziemlich genau, finde ich!"

„Das weiß ich doch alles. In dem Moment, indem ich Blödsinn rede, sagt mein Hirn ‚Was redest Du da? Das stimmt doch nicht!'"

Angelos umarmte Paul und drückte ihn fest.

„Wie gesagt: ich bin nicht nachtragend. Es ist vergessen. Vielleicht einigen wir uns darauf: ich versuche, in Zukunft bei Blödsinn wegzuhören und Du versuchst, ihn gar nicht erst rauszulassen. Und noch eins: wenn wir uns mal streiten, was praktisch nie vorkommt, musst Du nicht jedes Mal Angst haben, dass ich Dich verlasse. Streich das aus Deinem Kopf. Du vergisst immer, dass ich Dich nicht weniger liebe als Du mich!"

Angelos lächelte.

„Ah, mein Mann weint. Dann ist er glücklich!"

Und beide lachten.

„Also nach diesem Essen hast Du eine blöde Bemerkung frei", sagte ein entspannter Angelos.
„Wir müssen aber noch einmal los, die Video-aufzeichnungen ansehen. Heute Vormittag konnte ich es nicht, es war schlicht zu voll."
„Was für ein Aufstand wegen eines stinken-den Viehs", sagte Paul.
„Sei klug. Ich halte manchen meiner Einsätze auch für überflüssig oder gar dumm, aber ich sage es nicht. Wenn die Insel einen Täter haben will, soll sie ihn bekommen. Und das erwartet man von Dir", meinte Angelos.
„Du hast recht. Man muss nicht immer Minuspunkte sammeln!"

19

Aber sehr viel klüger waren sie nach der Fahrt
in die Stadt nicht. Der Besitzer des Parfumladens grinste breit, als er fragte, ob denn
dem Kommissar die Wirkung von „Angelos
No. 5" gefallen habe.
„Ja, sehr". antwortete Paul kleinlaut. Ihm war
es gar nicht recht, dass Angelos so freizügig
über ihr Sexualleben berichtete. Natürlich
musste er seinen seltsamen Wunsch irgendwie begründen. Andererseits fehlte Angelos
jedwedes Schamgefühl im Zusammenhang
mit Sexualität. Pauls Generation hatte diesbezüglich einen gewaltigen Rucksack zu tragen.
Da haben es Jüngere leichter.
Während Paul bei jeder peinlichen Situation,
in die sie geraten waren (und alles – bis auf

das Tretboot – von Kameras aufgenommen wurde), knallrot wurde, pflegte Angelos lauthals zu lachen. Er war nicht voyeuristisch veranlagt, es war ihm schlicht egal.

„Ja, die Kameraüberwachung. Wir haben zwar zwei Monitore, die das aktuelle Bild zeigen, aber dann gehen die Bilder nach Naxos zur Sicherheitsfirma. Die speichern sie vier Wochen.

„Das würde reichen", sagte Angelos.

Beim Hinausgehen rief der Besitzer noch: „Viel Spaß mit dem Parfum!"

„Den haben wir bestimmt!", gab Angelos zurück.

„Manchmal könnte ich Dich umbringen", sagte Paul.

„Du bist einfach prüde. Nicht zuhause, aber gegenüber Dritten! Werde lockerer", meinte Angelos.

Paul musste lachen.

„Wenn meine Frau noch leben würde – die könnte nicht glauben, was wir so alles anstellen!"

„War das ein verstecktes Lob für die Auffrischung Deines Sexuallebens?"

„Aber auf jeden Fall!"

Leider waren sie auch im „Da Vinci" nicht erfolgreich. Immerhin war es dieselbe Sicherheitsfirma. Man würde alles gesammelt erhalten. Aber es würde 48 Stunden dauern, schließlich habe man noch mehr Kunden.

20

Am folgenden Nachmittag kam Paul nach Hause. In Kalafati herrschte Hochbetrieb, eine Seltenheit, denn der Strand lag gut 20 Kilometer von Mykonos-Stadt entfernt.

„Jetzt parken sie einem schon die Einfahrt zu", fluchte Paul, nachdem er die Tür aufgeschlossen hatte.

Angelos saß am Tisch – mit Stefanos, dem schwulen Enkel des Richters.

Alarm. Jetzt nur nichts falsch machen, nahm sich Paul vor.

„Hallo, Herr Kommissar", sagte Stefanos ganz förmlich.

„Paul geht auch!"

„Ich hatte noch einige Fragen und da dachte ich …"

„... fragen wir doch Angelos. Klar, hatten wir Deinem Onkel ja gesagt. Ich hatte anfangs auch Tausend Fragen!"

„Das war mutig von Ihnen, einen Mann zu heiraten, auf dieser Insel!"

„Das war nicht mutig. Ich hatte schlicht keine Wahl. Er hier hat mich quasi gezwungen!", Paul küsste Angelos auf den Kopf.

„Ich hab ein bisschen Angst. Ich hab ja noch nie. Einfach warten? Und dann: mit wem?"

Auf jeden Fall nicht mit meinem Mann, dachte Paul.

Gut sah er ja aus, der Kleine. Er würde bestimmt kein Problem haben, jemand zu finden, schon gar nicht auf Mykonos.

„Auf jeden Fall nicht mit dem Erstbesten. Und schon gar nicht, um es einfach hinter sich zu bringen. Warte, bis Du richtig verliebt bist!", sagte Angelos.

„Das bin ich ja schon", sagte Stefanos.

Bitte sage es jetzt nicht!

„Ich habe es ja gar nicht gewusst, bis ich Dich sah. Dann war mir klar, was mit mir los ist", sagte Stefanos leise.

Angelos saß da und lächelte mitfühlend.

Paul stand in der Küche und schüttelte den Kopf.

Schön ruhig bleiben. Das hier ist der ultimative Test. Eine Liebeserklärung in seinem Beisein, gut, ein Zimmer weiter.

„Schau. Das ehrt mich zwar, wirklich. Aber ich bin verheiratet. Damit bin ich aus dem Spiel!"

Stefanos schaute deprimiert.

„Aber da kommt ein anderer! Und sicher eher mehr! Aber das Springen von einem zum anderen – das würde ich an Deiner Stelle lassen. Es geht eben nicht nur um Sex Ich hatte nur zwei! ZWEI! Na und? Der zweite war der Richtige. Und bei dem bleibe ich!"

„Wirklich nur zwei? Dann musst Du sehr glücklich mit dem Komm…, äh, Paul, sein!"

„Das bin ich. Und nur um das geht es. Du bekommst keinen Preis für die Anzahl der Männer. Du zahlst höchstens, also sei lieber wählerisch!"

Paul wurde warm ums Herz. Es war selten, dass er hört, was Angelos über ihn sagte. Und das war mehr als schön – und deutlich.

Stefanos seufzte.

„Es ist so verwirrend, alles neu. Meine Freunde sind alle nett und verständnisvoll. Keine dummen Sprüche!"

„Dann hast Du schon mal großes Glück!", sagte Angelos.

„Das größte Glück hat wohl Dein Mann. Ich hoffe, er ist sich dessen bewusst!"

Stefanos ließ die Schultern hängen.

„Oh ja. Sonst wäre ich nicht hier. So, jetzt muss ich mich aber um meinen Mann kümmern", sagte Angelos und brachte Stefanos zur Tür. Kein Küsschen, sondern Angelos wuschelte ihm nur durch das Haar.

Dann ging er zur Küche und lehnte sich an den Türrahmen.

„Wie oft hat er wohl Deine Unterhose auf dem Kopf?", fragte Paul. Angelos lachte.

„Bestimmt jede Nacht. Aber trotzdem mutig, es auszusprechen, oder? Ich meine, er ist 17 und ich 28!"

„… und damit ein Greis!"

„Der Greis macht Dir nachher richtig Beine!" Angelos umarmte Paul von hinten und leckte ihm zart die Ohren.

„Wenn Du jetzt noch die Achseln hebst, fall ich in Ohnmacht", sagte Paul.

Angelos lachte.

„Das war ein Test, nicht wahr?"

„Da tust Du mir unrecht. Ich wusste nicht, dass er kommt. Großes Ehrenwort. Aber Du hast Dich gut im Zaum gehalten. Und das war

bestimmt nicht leicht, wenn man im Neben-
zimmer eine Liebeserklärung an den eigenen
Mann mithören muss. Es klingt jetzt blöd: aber
ich bin stolz auf Dich. Und Du versuchst,
meine Bitte zu erfüllen. Allein der Versuch
zählt schon!"

Aber das war eine Hardcore-Prüfung, dachte
Paul.

„Und ich finde, mein Gatte hat eine Beloh-
nung verdient!"

Schon war Paul die Treppen oben.

„Monster!", sagte Angelos und lachte.

„Vielleicht hätten wir den Kleinen dabehalten
sollen. Das wäre eine schöne Lehrstunde
geworden!"

Paul drehte sich um und kniff ein Auge
zusammen.

„Ok, das war jetzt blöd von mir. Mea culpa!
Habe ich Dir heute schon gesagt, dass ich
Dich liebe?"

„Nein. Noch lieber wäre mir, Du kämst jetzt
endlich!"

21

Später lagen die beiden im Bett.
„Meinst Du, ich brauche Hilfe?", fragte Paul.
„Im Bezug auf was?", entgegnete Angelos.
„Ich weiß nicht. Vielleicht hat die, Du weißt schon, doch mehr Spuren hinterlassen als gedacht. Ohne dass das alles entschuldigen soll, was ich falsch mache."
„Vergewaltigung. Sprich es doch endlich aus. Da fängt es schon an. Du warst Opfer. Dir muss es nicht peinlich sein."
Nach einer kurzen Pause fügte Angelos hinzu: Ich habe Mantzaris die Fotos gezeigt. Ich weiß, ich hätte Dich fragen müssen. Du aber hättest ‚nein' gesagt. Aber er sollte die Realität draußen einmal sehen."
„Oh Gott"

„Nix Oh Gott. Noch einmal: Du bist das Opfer gewesen!"

„Weißt Du, in dieser Zelle ist mir nach ein paar Minuten die Angst hochgekrochen. Dann kamen die Schmerzen am ganzen Körper. Es war furchtbar. Deswegen musste ich mich auch übergeben", sagte Paul.

„Ich habe es gesehen", meinte Angelos.

„Du hast es gesehen?" „Ja, es gibt Kameras. Ich wollte Dir doch nur einen Denkzettel verpassen. Nach zwei, drei Stunden wollte ich Dich herausholen. Und das habe ich ja auch gemacht. Was sollte ich denn tun? Wenn ich Dir sage, Du sollst aufhören, machst Du es nicht. Dann dachte ich, mit Deinem Geburtstag zeige ich es Dir: dass Deine Angst vollkommen unbegründet ist. Ich schenke Dir – oder besser uns – ein Haus. Wer macht das denn, wenn er sich nicht sicher ist, dass er bleibt?"

„Das Schlimme war der blöde Tisch. Ich bin ja bei der Vergewaltigung über dem Tisch gehangen. Während der ganzen Zeit habe ich nur die gedrechselten Tischbeine gesehen. Es war mir zwar klar, dass es nur der gleiche, aber nicht derselbe Tisch war, aber…"

Angelos stöhnte.

„Es tut mir furchtbar leid. Ich konnte es nicht wissen. Ich wollte nicht grausam sein, sondern …"

„Mir eine Lektion erteilen. Kapiert", entgegnete Paul.

„Schau. Sei jetzt ehrlich. Wann habe ich mich jemals fies verhalten? Einmal, als meine tollen Kollegen mir Drogen verpassten und dann nach dem Schlaganfall. In beiden Fällen war ich nicht ich. Ohne, dass ich etwas dafürkonnte. Außer Dir fällt noch etwas ein."

Paul war still.

„Nein. Mir fällt wirklich nichts ein. Und Du hast recht: ich sollte, wenn mein Hirn Unsinn produziert, an meinen Geburtstag denken. Und jetzt fange ich gleich wieder an zu weinen. Zum Teufel. Das ist doch nicht normal!"

„Doch, finde ich schon. Menschen mit Herz und Empathie weinen nun mal. Ich möchte keinen Eisblock als Mann", sagte Angelos.

„Wir werden das hinkriegen. Und was sollte Dir ein Psychiater geben? Liebe und Güte bekommst Du von mir!"

Angelos legte seinen Kopf auf Pauls Brust und schlief ein.

22

Paul und Angelos saßen im Büro direkt an der Uferpromenade. Vor fünf Minuten trafen die CDs aus Naxos ein.
„Na, dann wollen wir mal", sagte Paul.
Die CD vom Parfumladen war ein Reinfall. Die Linse vollkommen verdreckt – die Bilder unbrauchbar.
Anders sah es beim „Da Vinci" aus.
Gestochen scharf. Paul spulte vor, bis von links eine Gestalt mit Kapuze kam. Und etwas Langem in der Hand.
„Das wird wohl die Schrotflinte sein", meinte Angelos.
Man sah zwar den Pelikan nicht, er war zu weit unten. Aber man konnte erkennen, dass die Person die Flinte hochhielt, auf etwas in

Bodennähe zielt und abdrückte. Der Kopf explodierte in unzählige Stücke.

Dann machte der Täter, wie fast alle, einen dummen Fehler. Er nahm die Kapuze ab und wischte sich den Schweiß von der Stirn.

Paul und Angelos saßen mit offenem Mund da.

Es war Stefanos.

Der in Angelos verliebte Stefanos.

Der Enkel des Richters.

„Du lieber Gott! Von wegen der brave Kleine!", sagte Paul.

Angelos war noch ganz verdattert. Er hatte mit irgendeinem Grobian gerechnet oder zumindest jemand, der betrunken war.

Davon konnte aber keine Rede sein. Der Täter ging schnurstracks auf Petros zu und blieb auch beim Zielen vollkommen ruhig.

„Oh je. Wie sollen wir das Alessandrou beibringen? Oder eher: wie vertuschen wir das?", meinte Angelos leise.

„Ich weiß nicht, ob wir das vertuschen sollten", entgegnete Paul.

„Komm. Er ist 17 und hat einen stinkenden Pelikan erschossen. Kein Grund, ihn von der Insel zu jagen. Und genau das wird passieren!"

„Du nimmst ihn nur in …"

„PAUL!"

Stopp. Hirn aus, Mund zu.

„Schon gut. Aber zu Mantzaris müssen wir. Der fällt tot um!"

23

„Hallo, Paul!", sagte der Richter. „Gehen wir doch zum allgemeinen ‚Du' über. Wenn ich Angelos duze, dann …"

„Kein Problem, äh, Alessandrou!"

„Ich hoffe, Du nimmst mir die zwei Stunden in der Zelle nicht übel. Angelos wusste wirklich nicht weiter!"

„Schon in Ordnung. Ich habe es wohl verdient", entgegnete Paul.

„Also, was habt Ihr auf dem Herzen?"

Paul und Angelos sahen sich betreten an. Angelos gab dem Richter die CD.

„Schau es Dir in Gänze an. Sind nur zehn Minuten."

„Ok. Und was ist es?"

„Die Lösung im Mordfall Pelikan", meinte Paul.

„Na, da bin ich mal gespannt, wer so heruntergekommen ist, ein wehrloses Tier zu massakrieren. Auch wenn es stank wie ein Iltis!"

Die ersten Minuten schaute der Richter teilnahmslos, dann ging er näher an den Bildschirm – und dann traten ihm fast die Augen aus den Höhlen.

„Oh, mein Gott. Stefanos!"

Er war sichtlich geschockt.

„Bitte entschuldigt mich. Ich muss fünf Minuten hinaus!"

„Er tut mir leid", sagte Angelos.

„Mein Mitleid hält sich in Grenzen", widersprach Paul und dachte an die Strafen, die Mantzaris ihm auferlegte, darunter die Sozialstunden beim Frauentanzverein Ano Mera.

Mantzaris kam zurück, war aber bleich wie eine weiße Wand.

„Was soll ich denn jetzt tun? Wenn das rauskommt, ist er ein Paria. Und er ist noch zu jung, um wegzugehen. Er hat noch zwei Jahre Schule vor sich. Was hat er sich nur dabei gedacht?"

„Das werden wir ihn fragen müssen", sagte Paul.

„Aber dann kommt alles ans Licht. Hier bleibt doch nichts geheim", meinte der Richter.

„Daran hätte er vorher.."

Weiter kam Paul nicht.

„Mein Mann möchte sagen, dass wir schon einen Weg finden, das Ganze auf kleiner Flamme zu kochen", sagte Angelos.

„Das wollte Dein Mann sagen?", flüsterte Paul Angelos ins Ohr. Der lächelte.

„Ich wäre euch ewig dankbar", meinte der Richter sichtlich erleichtert.

Dann brummte das Handy des Richters.

Nach wenigen Sekunden fiel ihm das Handy aus der Hand.

Es war seine Tochter, Eleni.

„Was sagst DU? Stefanos tot?"

Paul und Angelos sahen sich erschrocken an.

„Ich weiß gar nicht, was ich sagen soll. Wie? ERHÄNGT? Wegen eines Pelikans? Was? Ich komme sofort vorbei!"

„Bitte wartet hier. Ich muss zu meiner Tochter. Schauen, was los ist. Es ist furchtbar!"

Wir warten hier, Alessandrou. Ich kann es gar nicht fassen, er war gestern noch bei uns!", sagte Angelos sichtlich geschockt.

Als der Richter das Büro verließ, herrschte Stille.

„Er kann sich nicht erhängt haben wegen dieser Lappalie. Das wäre der überflüssigste Selbstmord der Geschichte. Zumal er nicht wissen konnte, dass er von der Kamera gefilmt wurde. Das ergibt keinen Sinn", sagte Paul.

„Der arme Kerl. Ich kann es gar nicht glauben!",

Angelos schaute noch immer betreten.

„Und ich habe ein ganz ungutes Gefühl."

„Wieso? Das ist zwar tragisch, aber mit uns hatte Stefanos ja nicht wirklich was zu tun?", meinte Paul.

Nach zwanzig Minuten war Richter Mantzaris zurück. Verheult. Wie in Trance.

„Er hat sich tatsächlich erhängt. Wenn da der eigene Enkel hängt …" Er brach erneut in Tränen aus.

„Aber es war nicht wegen des Pelikans. Es gibt einen Abschiedsbrief." Er wedelte mit einem Stück Papier.

„Er hat sich wegen Dir umgebracht,
Angelos!"

24

Die Herren Markaris saßen wie versteinert da.
„Wegen mir?", schrie Angelos.
„Beruhige Dich. Niemand beschuldigt Dich,
na ja, außer meiner Tochter", sagte der
Richter. „Er hat euch doch besucht. Was hat
er denn da gesagt?"
Angelos war geistig abwesend.
„Er ... er hat mir gestanden, dass er in mich
verliebt ist. Aber ich habe ihm gesagt, dass
mich das zwar ehre und ich mich freue, ich
aber verheiratet bin und Untreue für mich
nicht infrage kommt. Herrgott, er war 17 und
ich 28. Ich hatte vorher noch nie mit ihm
geredet. Das ist absurd."
Dann begann er zu weinen.

„Das war doch keine Liebe, höchstens eine Schwärmerei. Deswegen hängt man sich nicht auf. Er hatte sein ganzes Leben noch vor sich. Und er kannte mich gar nicht, außer vom Sehen!"

„Das hat offensichtlich gereicht", sagte der Richter.

„Soll sich mein Mann eine Plastiktüte über den Kopf ziehen?" Paul merkte, wie er wütend wurde. Er wusste, dass es ein Fehler war, den Kleinen einzuladen. Aber Angelos meinte es nur gut.

„Ich habe das Gespräch zwischen den beiden mitgehört. Da war nichts, absolut nichts, was Stefanos hätte missverstehen können. Angelos war klar und deutlich, aber trotzdem rücksichtsvoll. Als Dein Enkel ging, hat er sogar gelächelt. Da war kein Anzeichen eines Zusammenbruchs oder gar eines Selbstmordes!"

„Das glaube ich euch doch. Erst der Pelikan, jetzt das. Und meine Tochter ist der festen Meinung, dass Du irgendwie Mitschuld hast, obwohl ich weiß, dass es nicht so ist. Aber sie wird ihre Klappe nicht halten können!"

„Wenn Deine Tochter ein schlechtes Wort über meinen Mann verliert, dann Gnade ihr Gott", sagte Paul.
„Willst Du ihr auch ins Auge schießen, Paul?", entgegnete der Richter. „Sie ist meine Tochter und natürlich nicht bei Sinnen!" Angelos saß noch immer wie versteinert da. „Da, lies den Brief!"

„Ich weiß nicht mehr, was ich machen soll. In meinem Kopf dreht sich alles. Ich habe mich zum ersten Mal verliebt. Und das in einen Mann. Einen Mann, bei dem ich zu zittern beginne, wenn ich ihn sehe. Und er war sehr nett zu mir. Leider zeigt er kein Interesse an mir. Dabei wäre es egal, dass zwischen uns elf Jahre liegen. Ich bin viel reifer als meine Freunde. Und zwischen ihm und seinem Mann sind es 25 Jahre Unterschied. Aber ich habe keine Chance. Das habe ich an dem Nachmittag begriffen. Ohne ihn kann ich aber nicht. Lebt wohl! Verzeih mir, Angelos!

Stefanos

Angelos gab den Brief an Paul weiter. Der las ihn und schüttelte den Kopf.

„Herrgott, begreift der Kerl nicht, was er uns allen antut?"

„Er begreift es nicht, weil er tot ist. Und was ist an seinen Gefühlen schlimm? Sind es andere als Deine? Kannst Du ohne Angelos? Gerade Du musst das Maul aufreißen, Paul!"

Der Richter platzte vor Zorn.

„In dem Alter ist man halt impulsiv und glaubt, die Welt geht unter, wenn die erste Liebe in die Brüche geht!"

„Aber da war nichts", sagte Paul.

„Es tut mir leid, Angelos. Ich versuche, meiner Tochter alles zu erklären. Aber bei einem Selbstmord muss zunächst die Polizei kommen. Also zumindest Paul muss hin. Nur in Begleitung von Yannis, sonst erwürgt er noch meine Tochter!"

„Kann durchaus passieren. Kann das Yannis nicht alleine?"

„Leider nein."

25

Als Angelos und Paul das Gericht verließen,
nahm Paul seinen „Großen" in den Arm.
Es herrschte Stille auf dem Weg zum Auto.
„Soll ich Dich nach Hause fahren?", fragte
Paul. Angelos nickte.
„Ich muss ja dann noch zum, äh, Tatort.
Hoffentlich kann mich Yannis zurückhalten."
Sie fuhren Richtung Ano Mera.
Plötzlich fing Angelos an zu weinen.
„Großer, Du kannst nichts dafür!"
„Natürlich nicht. Aber ich glaube, ich habe
eine Dummheit gemacht!"
Paul wäre fast aufs Bankett gefahren,
beschloss aber, nichts zu sagen, außer
„Was?"

„Stefanos hat mich letzte Woche angesprochen und sich für die Unterhose bedankt. Ich dachte, ich sollte ihn auf einen Cappuccino einladen und bin mit ihm ins ‚Burro´s‘!"

„Und weiter?"

„Nichts weiter, Paul. Bitte nicht das Ganze schon wieder. Ich war mit ihm was trinken. Keiner hat den anderen angefasst. Er hatte ein paar Fragen, ich habe ihm geantwortet. Ich habe natürlich gemerkt, wie seine Augen leuchten, aber da gab es keine Liebeserklärung oder ähnliches. Glaub mir!"

„Natürlich glaube ich Dir. Trotzdem war es ausgesprochen dämlich, ausgerechnet im ‚Burro´s‘, wo fast nur Insulaner sitzen und tratschen. Den ganzen lieben Tag. Du weißt, was kommt?", fragte Paul.

„Ich bin nicht blöd. Sie werden erzählen, wir hätten uns regelmäßig getroffen. Ich hätte was mit ihm gehabt und Dich betrogen. Dann hätte ich ihn sitzenlassen und er sah keinen Ausweg mehr, außer …"

„Ja, so ungefähr wird es kommen. Vor allem, weil einige hier auf der Insel nur darauf warten, mir einen reinzuwürgen. Soll mir aber egal sein. Das stehen wir schon durch. Und ich bin nicht sauer, weil Du es nicht erzählt hast. Ich kann verstehen, warum. Jetzt müssen wir schauen, ob wir das Ganze irgendwie begrenzen können. Ich befürchte nur, dass seine Mutter nicht hilfreich sein wird. Aber sie soll nur ein falsches Wort über Dich verlieren!"

Angelos schaute deprimiert.

„Ich weiß, Du wolltest nur nett und behilflich sein. Aber gute Absichten werden nicht immer honoriert." Eher sogar selten.

„Du trägst keinerlei Schuld. Wenn, dann der Richter mit dieser blöden Unterhose!"

„Da habe ich nur gelacht. Nicht im Traum … aber das war wohl verdammt naiv!"

Oh ja, das war es.

„Der arme Kerl", murmelte Angelos.

Der kleine Scheißer, dachte Paul.

„Es tut mir leid, dass ich es Dir nicht gesagt habe, Paul!"

„Ich habe meine Lektion gelernt. Ich vertraue Dir. Punkt. Dafür lässt Du in Zukunft aber auch nichts mehr weg."

26

Als Paul mit Yannis auf den Hof von Mantzaris´ Tochter fuhr, schrie sie schon über den Platz.
„Na, Sie haben aber Nerven. Wenigstens haben Sie den Verbrecher zuhause gelassen. Kleinen Jungs hinterherstellen!"
Paul wollte aus dem Auto springen, vergaß aber den Gurt. Den Rest besorgte Yannis. Er hielt den Kommissar fest.
„Lass Dir zeigen, wo er hängt, Yannis, und dann schaff diese Hyäne weg, bevor ich sie erschlage."
Und Paul war das zuzutrauen, das wusste Yannis. Die eine oder andere Leiche ging schon auf Pauls Konto. Sicher, es war meist in Notwehr, immer war es Abschaum. Aber eine

Frau erschlagen, wäre doch noch etwas anderes.

Da hing er nun – und Paul war so voller Groll, dass er keinerlei Mitleid empfand.

„Wie lange wollen Sie meinen Jungen da noch hängen lassen?", keifte die Mutter.

„Solange bis er zu Schinken wird, wenn Sie nicht gleich verschwinden", brüllte Paul zurück.

„Das ist mein Grund und Boden!", gab sie zurück.

„Das ist mein Tatort. Und wenn Sie jetzt nicht verschwinden, dass lass ich sie festnehmen!"

„Sie wollen eine trauernde Mutter festnehmen? Bitte schön. Ich bleibe hier stehen!"

„Yannis! Festnehmen! Mit Handschellen", befahl Paul.

„Aber Chef …", wollte Yannis protestieren. „Du tust, was ich Dir sage!"

Yannis versuchte die aufgebrachte Frau zum Auto zu bugsieren, bekam aber zwei Schläge mitten ins Gesicht.

Genau nach Plan, dachte Paul und grinste innerlich.

Zu zweit gelang es ihnen, Eleni zu bändigen und in Handschellen in den Wagen zu befördern.

„Wenn das mein Vater erfährt, werden Sie dafür bezahlen!"

„Und genau da fahren wir jetzt hin!", sagte Paul fröhlich.

Als er mit Eleni das Richterzimmer betrat, schien Allessandrou Mantzaris der Schlag zu treffen.

„Was zum Teufel ...", begann er.

„Hallo, Alessandrou. Das ist Deine Tochter. Festgenommen wegen Widerstand gegen die Staatsgewalt, Körperverletzung, übler Nachrede ..."

„Bist Du wahnsinnig geworden, Paul? Meine Tochter ist in Trauer!"

„Ich würde sagen, sie ist eher in Furio. Trauer rechtfertigt keinen tätlichen Angriff auf einen Polizisten. Und das Ziel war ja nicht ich, sondern Yannis, oder?"

Yannis nickte.

Eleni schimpfte unflätig – bis Richter Mantzaris „Klappe!" brüllte.

Keift wie ihre Mutter, dachte er.

Paul beugte sich über den Tisch.

„Das ist der Deal: Du sperrst sie zwei Stunden in die Zelle und erklärst ihr Folgendes: Wenn sie auch nur ein falsches Wort über Angelos verliert, dann werde ich 500 Kopien von der

CD machen lassen und verteile sie auf der ganzen Insel. Dann sieht jeder, wer den geliebten Pelikan geschreddert hat. Kein Mensch wird mehr glauben, dass er sich aus Liebe zu Angelos erhängt hat, sondern jeder wird wissen, dass er keinen Ausweg mehr sah, nachdem wir ihn als Täter identifiziert hatten. Ihr habt also die Wahl: die Ehre der Familie Mantzaris bleibt erhalten – oder aber ..."

„Das ist eine schäbige Erpressung!", brüllte Richter Mantzaris.

„Nicht schäbiger als der Versuch, meinen Mann durch den Dreck zu ziehen – für nichts!", brüllte Paul zurück.

Mantzaris dachte nach.

„Yannis, bring meine Tochter in die Zelle! Ich komme gleich runter!"

In dem Moment erreichte die Lärmmessung im Büro locker 120 Dezibel, denn Eleni schrie und zeterte.

Als sie endlich draußen war, sagte Paul noch: „Und jetzt gibst Du mir noch diesen dämlichen Abschiedsbrief!"

„Das ist ein Beweismittel", protestierte der Richter.

„Eben. Und gehört deswegen der Polizei!"

Widerstrebend gab Mantzaris Paul den Zettel.

„Aber die CD behalte ich lieber. Nicht, dass ich noch einmal zur Frauentanzgruppe nach Ano Mera muss!"
Er grinste breit.
Mantzaris schaut verdattert.
„Alles, nur um Ihren Mann zu schützen? Er hat sie einsperren lassen!"
„Netter Versuch. Aber auch Sie bringen uns nicht auseinander. Ja. Ich weiß, dass es seine Idee war. Und er hatte recht damit!"
Paul verließ das Gericht in aufgeräumter Stimmung.

27

Fröhlich pfeifend betrat Paul das Haus in Kalafati. Angelos lag in eine Decke eingehüllt auf dem Sofa und sah zerstört aus.
„Hallo, mein Schöner!", sagte Paul.

„Wie kann man an so einem Tag nur fröhlich sein", murmelte Angelos.

„So. Du wirst jetzt einmal das tun, was ich Dir sage. Steh auf und komm her. Ich mache uns einen Espresso und verkünde dann die guten Nachrichten. Und dann erwarte ich eine Lobpreisung!" Paul lächelte.

Angelos schleifte sich mühsam in die Küche.

„Also: kein Mensch auf dieser Insel wird jemals von Deiner Nicht-Beziehung zu Stefanos erfahren. Denn ich habe den Abschiedsbrief. Und weder der Richter, noch seine hysterische Tochter werden ein schlechtes Wort über Dich verlieren. Ich habe beiden gesagt, dass ich die CD auf der ganzen Insel verteilen werde, auf der klar zu sehen ist, dass Stefanos den Pelikan erschossen hat. Komischerweise haben beide versprochen, nie etwas Negatives über meinen Mann zu sagen. Es gäbe zwar keinen Grund für Getratsche, aber so entsteht es erst gar nicht!"

Angelos schaute erstaunt.

„Du ... Du hast den Richter erpresst?"

„Korrektur. Ich erpresse ihn. Präsens. Die CD behalte ich für die Zukunft. Und diese doofe Unterhose habe ich auch zurück."

Er wedelte mit ihr.

„Vielleicht sperren wir sie in Zukunft einfach weg!"

Angelos stand auf und nahm Paul in den Arm.

„Danke. Was wäre ich nur ohne Dich. Immer, wenn ich in Schwierigkeiten komme, bist Du da. Und es fällt Dir irgendetwas ein. Meist außerhalb jeder Regel – aber immer für mich."

Er stellte sich hinter Paul und leckte ihm die Ohren.

„Herrje, Du warst auf dem Laufband", sagte Paul mit schon erhöhtem Blutdruck.

„Oh ja. Eine ganze Stunde. Frust ablaufen. Und ich habe ein bisschen geschwitzt!"

Angelos lachte.

„Ich rieche es und bekomme größere Probleme.

Angelos griff eine Etage tiefer.

„Du *hast* schon größere Probleme. Erstaunlich, wie das funktioniert. Vielleicht sollte ich das Parfum auf den Markt bringen?"

„Sag mal, hat Dir das jetzt nicht gereicht? Nichts gibt´s. Geruch, Unterhosen und sonstige Fanartikel bleiben im Haus!"

„Zu Befehl, mein Herr und Gebieter!"

Und Angelos kniete sich vor Paul hin.

28

Abend lagen die Herren Markaris im Bett.
„Geht es Dir besser, Angelos?"
Angelos nickte.
„Ja. Dennoch ist ein Mensch gestorben.
Richtig freuen kann ich mich noch nicht. Aber
man hätte mir das Leben zur Hölle gemacht.
Dank Dir kommt es jetzt anders!"
Paul drehte sich zu Angelos und sagte:
„Ich glaube, Du kannst das ganze Kapitel
komplett hinter Dir lassen. Warum? Weil ich
keine Sekunde glaube, dass es Selbstmord
war. Und der Abschiedsbrief ist eine
Fälschung!"
Angelos war plötzlich putzmunter.
„Waaas? Wie kommst Du darauf?"
„Reiner Instinkt. Mit ein paar Hinweisen!"
„Welche?"

„Angelos, versuche zu schlafen. Es war auch für mich ein schrecklicher Tag. Und ich muss morgen topfit sein, damit ich alles richtig mache. Vertraue mir einfach – heute ohne Nachfrage!"

Angelos lächelte.

„Deiner Intuition vertraue ich voll und ganz!" Er drehte sich noch einmal um.

„Im Übrigen: ich liebe Dich. Wenn wir dann in unserem Haus zusammenwohnen, dann glaubst Du hoffentlich endlich, dass ich bei Dir bleibe", sagte Angelos.

„Das glaube ich auch so. Weißt Du, noch vor zwei Wochen wäre ich explodiert bei der Nachricht, dass Du Dich mit Stefanos getroffen hast! Ich finde, ich hatte mich gut im Zaum!"

„Da habe ich Dich fast bewundert. Gerechnet habe ich damit nicht!"

„Du siehst, auch ich bin gut in Überraschungen", sagte Paul.

Und begann beim Einschlafen, die ersten Fragen für den nächsten Tag zu formulieren.

29

Katsakis, ich brauche Katsakis. Den chronisch übelgelaunten, aber überaus fähigen Pathologen aus Athen. Der hat eine über Jahren – zu Recht – aufgebaute Aversion gegen Mykonos.
Es waren nicht die üblichen Leichen, die Katsakis von der Touristen-Insel bekam. Abgerissene Köpfe, verkohlte Körper – all dies hatte Kommissar Pandis – jetzt Markaris – Katsakis präsentiert.
Hoffentlich würde er trotzdem kommen – und zwar schnell.
„Ich nach Mykonos? Nur über meine Leiche!"
„Ich bte dch", presste Paul hervor.
„Wie war das?"
„Ich bitte Dich, Katsakis, und das habe ich noch nie! Es hat mit meinem Mann zu tun?"

„Hat er jemand umgebracht?"

„Natürlich nicht. Herrgott, es ist zu kompliziert. BITTE!"

„Dass ich das noch erleben darf. Kommissar Pandis bittet jemand!"

„Kommissar Pandis hätte Dich sicher nicht gebeten, Kommissar Markaris schon!"

„Zum Lämmchen mutiert?"

„Arschloch!"

„Vielen Dank. Bin schon unterwegs. Wo liegt er?"

„In der Truhe im Rathaus!"

„Schaff ihn in die Klinik. Ich komme dann Nachmittag hin."

Kommissar Markaris holte Katsakis vom Flughafen ab. Dessen Laune war noch weiter in den Keller gerauscht.

„Ich hasse Mykonos und ich hasse Ryanair!"

„Ich freue mich auch, Katsakis", antwortete Paul.

„Eine Freude machst Du mir, wenn Du mich so schnell wie möglich wieder nach Hause bringst!"

„Hunderttausende zahlen viel Geld, um hierher zu *dürfen*."

„Die müssen auch nicht Deine kuriosen Leichen begutachten. Mit Schrecken denke ich an …

„… den Ferrari-Fahrer, der nur noch aus 34 Einzelteilen bestand", ergänzte Paul genervt.

„Es waren 48, Pandis. Äh. Herrgott, wie kommt man nur auf die Idee, seinen Namen zu ändern?"

„Wie heißt denn Deine Frau seit eurer Hochzeit?"

„Na, Katsakis. Wie sonst?"

„Eben. Denk mal nach, Du Idiot!"

Die Herren fuhren in die Hygeia-Klinik unterhalb des großen Kreisverkehrs. Es waren höchstens zwei Kilometer, aber sie brauchten geschlagene zwanzig Minuten.

„Das ist ja schlimmer als in Athen", maulte Katsakis. Als sie endlich ankamen, war Paul erleichtert. Jetzt würde Katsakis das tun, was er – neben Pöbeln – am besten konnte: Obduzieren.

Dr. Karamanlis führte sie in den Keller.

„Himmel. Wie alt ist der denn?"

„17."

„Liebeskummer?"

„Angeblich Liebeskummer. Angeblich verknallt in meinen Mann!"

„Nur angeblich? Oder hatte Dein Mann mal
Lust auf etwas …"

„Wenn Du jetzt weitersprichst, spielst Du mit
Deinem Leben", sagte Paul.

„Mein Mann ist treu. Das Ganze ist eine üble
Intrige. Aber ich brauche Dich, um es zu
beweisen."

„Wie sollte ich Dir da helfen können? Er hat
sich erhängt!"

Paul brummte.

„Es wäre nicht der Erste, der unfreiwillig an
einem Balken hängt!"

Katsakis schaute kritisch.

„Gut. Wenn Du danebenstehst, ist mein
Blutdruck zu hoch. Du nervst mich einfach.
Sag Deinem Doktor, dass ich sein Labor
brauche. Und einen Assistenten. Vor 15 Uhr
will ich Dich hier nicht sehen. Um 17.15 Uhr
sitze ich wieder im Flieger zurück in die
Zivilisation. Und ich will kein Gezeter über das
Ergebnis! Angelos hin oder her!"

„Verstanden und weg bin ich", sagte Paul.

Alles hing nun von Katsakis ab.

Zwei Stunden warten.

Nicht gerade Kommissar Markaris´ Stärke.

30

Und Paul saß im „Da Vinci" auf glühenden
Kohlen. Der erste Espresso, der zweite, der
dritte. Der Blick auf die Uhr auf dem Handy.
Die Minuten zogen sich endlos. Er könnte
auch in seinem Büro vorbeischauen. Seit
seiner Hochzeit war er nur noch selten dort.
Ein Kommissar gehört nach draußen. Ermitteln
und Verhaften kann man im Büro nicht, sagte
er immer wieder zu Bürgermeister Sokrates,
wenn dieser seine seltenen Präsenzen
bemängelte. Es war einer der wenigen
Vorteile der neuen Zeit. Homeoffice – besser
Home Police. Das ging natürlich nur, wenn
man Erfolg hatte. Diesbezüglich konnte sich
niemand beschweren. Die Insel war – ange-

sichts der Massen, die sich hier bewegten –
erstaunlich sicher. Der Kommissar hatte seine
Pappenheimer gut im Griff. Mit einer
Mischung aus Abhängigkeiten und
Erpressung. „Ich schau diesmal weg, dafür
erwarte ich aber …", war ein Satz, den Paul
oft benutzte.
Er entschloss sich, nicht ins Büro zu gehen,
denn das Gerücht über eine Liebes-
beziehung des 17-jährigen zu Angelos hätte
sich zumindest im Rathaus schon breit
gemacht. Dort würde er auch noch ein paar
Machtworte sprechen müssen. Mit sanftem
Druck. Dann wäre Ruhe.

Er rief Angelos an.
„Du, willst Du beim Ergebnis dabei sein? Dann
hole ich Dich ab!"
Angelos wollte nicht.
„Wenn es so ausfällt, wie ich denke, musst Du
aber mit zu Richter Mantzaris! Ich möchte
hören, wie er sich bei Dir entschuldigt. Und
seine doofe Tochter!"
Da hatte er nichts dagegen.

Es war 14.50 Uhr. Der Kommissar fuhr auf der
Uferstraße Richtung Hafen und dann über die

Umgehung zur Klinik. Er musste sich zwingen, nicht zu rennen. Bitte, lass mich recht haben. *Wen* er bat, wusste er selber nicht, denn an Gott glauben die wenigsten Kommissare. Jeder, der schon einmal ein ermordetes Kind gesehen hat, verliert seinen Glauben.

Als Paul den Kellerraum betrat, grinste Katsakis.

„Wehe, Du spannst mich jetzt auf die Folter", warnte Paul ihn. „Ich bin jetzt schon auf 180!"
„Du möchtest wissen, ob Dein Mann auch in Zukunft ein angesehener Bürger dieser Insel bleibt?"
„Das bleibt er auch so. WAS IST JETZT?"
„Immer noch ein Rüpel. Aber ich bewundere Deine Intuition. Wären alle Kommissare wie Du, dann hätte ich mehr zu tun. Was ich sicher nicht will. Einer Deiner Sorte genügt mir."
Pauls Puls sank auf Normalmaß.
„Er wurde also ermordet!"
„Ja. Betäubt und ermordet! KO-Tropfen, also Sulfo im Blut. Und dann erhängt. Als er in Ohnmacht fiel, muss er auf einen Tisch oder den Boden geknallt sein. Blöder Fehler des Täters.

Denn es gibt ein großes Hämatom am Hinterkopf. Entweder hat der Täter nicht genau
hingesehen, oder er hat es durch die Haare
nicht gesehen. Gut, ich habe es auch erst
nach der Rasur entdeckt. Das Schlimme ist
nur: er ist beim Erhängen vermutlich aufge-
wacht."

Paul fröstelte. Dann war er doch ein armer
Kerl.

„Der Täter muss ihn ein Stück mit dem Strick
gezogen haben, denn der Hautabrieb am
Hinterkopf ist ein Stück zu weit oben …"

„Beim Erhängen ist die Strangulation weiter
unten?"

„Ich zeige es Dir."

Katsakis legte die Schlinge noch einmal um
den Kopf.

„Beim Ziehen, zum Beispiel auf dem Boden,
hat das Seil diesen Winkel, beim eigentlichen
Erhängen befindet sich das Seil hier!"

Durch den rasierten Kopf konnte man die
beiden Stellen deutlich sehen.

„Fingerabdrücke gibt es keine. Aber: beim
Ziehen über den Balken muss sich der Täter
Striemen an der Hand zugezogen haben.
Linkshänder übrigens. Sieht man an der
Schlinge!"

Paul fasste Katsakis am Kopf und küsste ihn.
„Igitt. Mach das bitte bei Deinem Mann. Und jetzt bring mich zum Flughafen!"

31

„Grooooooooooßer? Wo bist DU?", brüllte Paul von der Türe aus ins Haus.
Angelos kam aus dem Schlafzimmer.
„Komm runter und lass Dich drücken!"
Angelos schaute verwirrt.
„ER - PAUSE - WURDE - PAUSE - ERMORDET! Es gibt nicht den Hauch eines Zweifels!"
„Juhu!" Angelos fiel Paul um den Hals.
„Du und Deine Intuition. Ich habe an diese Möglichkeit überhaupt nicht gedacht!"
„Lobpreisung?", fragte Pandis.
„Du bist der schlaueste Kommissar der Welt und der beste Mann, den man haben kann!", sagte Angelos lächelnd.

„Brav. Und jetzt fahren wir zu Richter Mantzaris. Auf das Gesicht freue mich!"
Paul ging hinaus.
Angelos sagte: „Da wäre noch eine kleine Sache!"
Aber Paul war schon weg.

32

„Was fällt Ihnen ein, hier reinzuplatzen? Sie haben Nerven", brüllte Richter Mantzaris.
Aha, da Duzen ist wieder gestrichen. Auch recht.
„Hallo, Angelos", sagte der Richter.
Nochmal Aha. Meinen Mann mag er aber noch.
„Was wollen Sie, Kommissar? Mich noch weiter erpressen?"
„Ich helfe Ihnen, Ihre Familienehre zu bewahren. Sie sollten mir also dankbar sein", sagte Paul breit grinsend.
„Denn ich habe den Pelikan nicht erschossen!"

Mantzaris brummelte vor sich hin.

„Und außerdem sollten Sie mir dankbar sein. Jeder hat es für einen Suizid gehalten. Und nun stellt sich heraus: es war Mord und der Brief war eine Fälschung", erklärte Paul mit unverhohlener Freude.

Mantzaris wurde bleich.

„Mein Enkel ermordet? Was reden Sie da?"

Der Kommissar erklärte Katsakis´ Befund und sagte: „Und ich finde, Sie sollten sich bei mir und Angelos entschuldigen. Von Ihrer Tochter ganz zu schweigen!"

„Ich habe Angelos nicht beschuldigt, das war nur meine Tochter – und die wusste nicht, was sie sagt."

„Spielt keine Rolle. Ich will, dass sie sich entschuldigt. Vielleicht möchte sie ja auch, dass den Mörder ihres Sohnes gefasst wird."

Mantzaris griff zum Hörer und beorderte seine Tochter ins Gericht. Nach heftigstem Gebrüll.

„Ganz die Mutter", regte sich der Richter auf. Man hörte sie schon aus zehn Meter Entfernung.

Sie sah Angelos und flippte vollkommen aus.

„Dieser Typ hier? Dann bin ich weg! Kinderschänder!"

„Halt Dein Maul, Du dumme Kuh. Wenn die Insel erfährt, dass Dein Sohn den Pelikan erschossen hat, können wir unsere Sachen packen. Also halt einmal in Deinem Leben den Rand!"

„Du meinst also, er" – sie deutete auf Angelos – „hat nichts damit zu tun? Dann schau mal, was ich gefunden habe!"

Sie legte ein Foto auf den Tisch.

Es zeigte Angelos, wie er Stefanos küsste.

33

Paul gefror das Blut in den Adern und Angelos rutschte in seinem Sessel nach unten.

„Ganz so treu ist Ihr Mann wohl nicht", sagte der Richter triumphierend.

„Ändert aber an den Fakten nichts. Stefanos wurde ermordet!"

Wahrscheinlich zum ersten Male in ihrem Leben stand Eleni mit offenem Mund da.

„Das ist doch ein Komplott von denen zwei!"

„Einer der zwei wird Ihnen gleich … ", brauste Paul auf. Angelos hielt ihn fest, erntete aber den finstersten Blick seit langem.

„Und der Abschiedsbrief ist dann wohl auch eine Fälschung?", keifte Eleni.

„Ja, ist er", meinte der Richter. „Es stimmt, was der Kommissar sagt!"

„Und was ist mit dem Foto?" Eleni ließ nicht locker.

„Photoshop", sagte Paul. Eleni lachte.

„Wohl kaum möglich. Der Mann genau dahinter liest Zeitung. Man sieht rechts die Zeitung und links. Verkaufen Sie mich nicht für blöd!"

„Paul", sagte Angelos leise.

„Das Bild interessiert niemand. Es beweist rein gar nichts. Tatsache ist: Ihr Sohn wurde ermordet. Und garantiert nicht von meinem Mann, denn der war die ganze Zeit zuhause!"

„Sehr glaubwürdiges Alibi". Der Sarkasmus triefte aus ihren Worten.

„Der Herr Richter kann sich ja die Kameraaufnahmen aus unserem Haus ansehen!", erwiderte Paul.

„Um Gottes Willen, nein, keine Markaris-Filme mehr. Eleni, begreife es endlich: es war Mord und er wird aufgeklärt. Das Bild bleibt hier und ansonsten hältst Du die Klappe. Ich meine es ernst. Wenn das mit dem Pelikan rauskommt, sind wir geliefert!"

Mantzaris brüllte die letzten Sätze.
Sie stürmte aus dem Zimmer.
„Und das hier machen Sie untereinander
aus!"

34

Paul stürmte aus dem Gericht.
Angelos hetzte hinterher.
„Paul, bitte!"
„Du hast mich belogen und …, ach lass es",
und er begann zu weinen. Auf offener Straße.
Mit dem Bild war jetzt ohnehin alles egal. Das
würde nun die Runde machen.
„Bitte, das habe ich nicht verdient", sagte
Angelos.
Paul hielt das Foto hoch.
„DAS habe ich nicht verdient!"
„Schau es Dir doch wenigstens genau an!"

„Damit mir noch übler wird? Nein, danke! Ich hoffe nur, er war gut!"

Zwei Sekunden später hatte Paul – mitten auf dem Parkplatz – die Faust im Gesicht.

Er küsst einen anderen Mann – und dann schlägt *er* mich? Erst kam unbändige Wut. Aus den Eingeweiden. Dann kamen aber die Zweifel. Niemals würde Angelos fremdgehen. Weil es nicht sein darf.

Vielleicht sollte ich mir das Foto doch anschauen.

Angelos stand da und weinte. Schlechtes Gewissen? Oder was sonst?

Paul rappelte sich hoch.

„Also. Ich höre zu. Was möchtest Du mir zu dem Foto sagen?"

Angelos schüttelte den Kopf.

„Nichts?", fragte Paul, „oder Du kannst jetzt nicht?"

„Letzteres. Lass uns nach Hause fahren und höre mir dann wenigstens zwei Minuten zu. Du tust mir Unrecht!"

Ich? Ich tue Unrecht?

Bin ich jetzt vollkommen bescheuert?

Andererseits: so richtig habe ich das Bild wirklich nicht gesehen. Es war auch zu ekelhaft.

Paul ließ die Arme hängen.
„Fahren wir heim."

35

Zuhause betrachtete Paul im Spiegel das
Ergebnis von Angelos´ Schlag. Getroffen
hatte er gut. Mitten auf die zwölf. Das würde
morgen ein Veilchen werden. Dunkellila. Die
nächste Welle des Spotts würde über ihn
hereinbrechen.

Er ging hinunter in die Küche.
„Du wolltest mir zwei Minuten zuhören. Dann
darfst Du mir eine reinhauen!", sagte Angelos.
„Als ob das irgendwas ungeschehen machen
würde", erwiderte Paul resignierend.
Wie ein nasser Sack saß er auf dem Stuhl.

„ES IST NICHTS PASSIERT. Du und Dein krankes Hirn. Ich habe nicht mit ihm geschlafen. Kapiert? Wie kannst Du so etwas nur glauben von mir?"

„Reicht der Kuss nicht schon aus?"

Eine leise Frage, vollkommen kraftlos aus dem Mund kommend.

„Und jetzt schau das Foto an! SCHAU DAS FOTO AN!", brüllte Angelos.

„Ich will es nicht nochmal sehen. Die Demütigung bei Mantzakis hat mir gereicht!"

„DU SCHAUST JETZT DAS FOTO AN!"

„Oder? Bekomme ich dann das nächste blaue Auge?"

Angelos beruhigte sich.

„Bitte, Paul, mach nicht alles kaputt – wegen eines Fotos, auf dem nichts zu sehen ist. Bitte. Nimm es jetzt!"

Und Paul nahm es.

„So. Er hat mir schon im ‚Burro´s' gesagt, dass er etwas für mich empfindet. Und ich habe ihm das Gleiche gesagt, wie später hier. Du hast es doch gehört!"

„Aber hier hast Du ihn nicht geküsst", sagte Paul.

„Das habe ich dort auch nicht, Herrgott! Mach die Augen auf!", antwortete Angelos laut.

Paul sah auf das Foto.

Stefanos hielt die Wange hin. Angelos kniff die Lippen zusammen. Aber berührt hatten sie Stefanos Wange nicht.

„Er sagte zu mir, ob ich ihn nicht wenigstens ein Küsschen auf die Wange geben kann. Dann würde er mich in Ruhe lassen. Gut, dachte ich, ist ja nichts dabei. Kurz davor merkte ich aber, ich kann es nicht. Und habe es nicht gemacht. ICH HABE IHN NICHT BERÜHRT. Es ist ein blöder Zufall, dass irgendein Idiot in dem Moment ein Foto macht!"

Paul schaute ungläubig.

„Du hast ihn also nicht geküsst?"

„NEIN. Ich hätte beinahe, aber nur damit ich Ruhe habe. Dann wurde mir klar, dass es nicht richtig wäre. Ich hätte es früher bremsen sollen. Du kennst mich, ich denke mir dabei nicht viel. Aber ich kann keinen anderen Mann küssen – außer Dich. Ich wollte es Dir noch vor der Fahrt zum Richter sagen, aber Du warst schon draußen. Es war dumm von mir, ja. Es war dumm von mir, mich mit ihm zu treffen. Es war dumm von mir, es im ,Burro´s' zu tun. Es war dumm von mir, zu glauben, es wäre mit einem Wangenküsschen vorbei. Ich wollte nur, dass wir beide endlich unsere Ruhe haben. Ich kann Deine Reaktion verstehen. Ich hätte wahrscheinlich das Gleiche gedacht. Außer, dass Du fremd-gehen würdest. Mit einem anderen schlafen. Das war wirklich unter der Gürtellinie, Bei allem, was ich in der Angelegenheit falsch gemacht habe!"

Paul schwirrte der Kopf.

Dann stand er auf und sagte nur: „Ich glaube Dir. Der eine Spruch war blöd von mir. Aber das Foto wird auf der ganzen Insel umher-gereicht und ich wie der gehörnte Ehemann dastehen, der verarscht wird und nichts mitkriegt. Aber weißt Du was? Es ist mir egal. Ich bin müde."

Er ging hoch ins Schlafzimmer und Angelos stand in der Küche, Was war das jetzt?

Angelos ging nach oben und klopfte an die Tür.

„Möchtest Du alleine sein? Oder darf ich?"

„Du bist mein Mann. Natürlich darfst Du. Hauptsache, Du schlägst mich nicht mehr!"

Paul lächelte.

„Nein. Das tut mir sehr leid. Aber der Satz ‚ich hoffe, er war gut', war einfach zu viel."
Paul nickte.
„Komm einfach her. Es war ein schrecklicher Tag!"

36

Am Morgen danach war es still im Haus.
Paul ging hinunter in die Küche. Kein Angelos.
Vielleicht im Keller auf dem Laufband?
Nein. Kein Laut von unten. Ruhig bleiben,
Paul. Du hast gestern schon daneben-
gelegen. Und dafür ein blaues Auge
bekommen. Er schaute in den Spiegel.
Au weia! So könnte er nicht vor die Türe.
Aber er hatte einen Mord zu klären. Ja, er war
ein kleiner Scheißer, der Meinung war er

immer noch, aber erhängt zu werden, hatte er nicht verdient.

Er hörte die Türe knarren. Und zwei Stimmen, die lachten. Angelos und eine Frau. Wieder eine Überraschung.

„Wo ist mein geliebter Gatte?"

„Schleimer!", rief Paul aus der Küche.

„Darf ich vorstellen? Das ist Linda. Linda, mein Mann, Paul!"

„Hal …, Ach, Du meine Güte. Warst Du das, Angelos?"

Er wurde knallrot. Er hätte auch lügen können. Es wäre bei einem Einsatz passiert oder ähnliches.

„Ja, war ich. Und es tut mir sehr leid!"

„Und ich habe es verdient", sagte Paul schnell.

„Na, Ihr zwei seid ja süß", meinte Linda.

„Linda ist Kosmetikerin. Sie macht aus Dir wieder einen ansehnlichen Kommissar!"

„Na, das wird harte Arbeit."

„Wie kriegen wir nur die Schwellung weg?", fragte Angelos.

„Wir müssen am anderen Auge auch für eine leichte Schwellung sorgen", sagte Linda.

„Noch ein Faustschlag?", fragte Paul.

„Es bleibt eine einmalige Ausnahme", meinte Angelos.

„Häusliche Gewalt nennt man sowas", brummte Paul.

„Mancher braucht´s", gab Angelos zurück und küsste ihn auf den Kopf.

„So, jetzt kommt die Botox-Spritze!", sagte Linda.

„Was? Botox? Nur über meine … Autsch!!"

Zwanzig Minuten später sah Paul zwar anders aus als vorher, aber sehr viel besser als mit dem blauen Auge,

„Mein Mann lässt sich liften. Und das mit 54! Tsts…" Angelos lachte.

37

„Du siehst irgendwie zwanzig Jahre jünger aus", sagte Angelos und lachte.

„Ich sehe aus wie Cliff Richard und der ist 112! Das zahle ich Dir heim!"

„Ich meinte es doch nur gut!" Angelos zog diese Schnute, von der er genau wusste, dass Paul dahinschmolz.

„Weiß ich doch. Du kommst immer auf Ideen." Paul lachte und schüttelte den Kopf.

„Nicht mehr böse?", fragte Angelos.

„Nein. Das Foto war harmlos im Vergleich zu meinem Spruch. Eigentlich hättest Du mehr Grund, sauer zu sein. Deswegen ‚Danke' für gestern Nacht. Es war …"

„Um Gottes Willen nicht weinen, sonst …"

Angelos lächelte dieses … Ich kann diesem Typen nicht böse sein.

„Wohin fahren wir?"

„Ins ‚Burro's'", sagte Paul.

„Als Strafe?", fragte Angelos.

„Nein. Wir haben eine Mordermittlung am Hals!"

Sie fuhren vom Kreisverkehr in Richtung Ornos und dann rechts in den Hof des „Burro´s".

„Schlechte Erinnerungen", brummte Angelos.

„Darum geht es nicht, Angelos. Es geht um etwas Anderes."

Paul und Angelos wählten einen Tisch am Rand. Einige Gäste tuschelten, aber das waren die Herren gewöhnt.

„Jetzt kommt als nächstes Gerücht, dass ich mich habe liften lassen oder dass mein Mann mich regelmäßig verprügelt", flüsterte Paul.

„Sei doch froh. Seit ich da bin, bist Du kein Langweiler mehr!", antwortete Angelos.

„Wir sind heute wohl wieder obenauf, hä?"

Angelos lachte.

„Ach was, ich bin froh, dass alles wieder gut ist, weil …"

„… Du mich genauso liebst wie ich Dich!"

„Endlich begreift er es!" Angelos klatschte – und alle drehten sich um.

„Ok. Jetzt wissen alle, dass wir da sind. Hör zu, Versuche Dich zu erinnern, wer an dem Nachmittag hier war. Schau Dich unauffällig…"

„Paul!"

Mist. Er hatte schon wieder vergessen, dass sein Mann wohl die bessere Ausbildung hatte als er. Wann werde ich es endlich lernen?

„Mein Fehler. Bitte schau, wen Du erkennst. Das ist eine Einheimischen-Bar mit vielen Stammgästen."

„Der mit dem gelben Shirt."

„Kostas junior. Toller Umgang. Weiter! Hör zu, Angelos. Ich glaube nicht, dass der Kuss-Nachmittag Zufall war. Stefanos hat Dich nicht zufällig getroffen. Wer hat das ‚Burro´s' vorgeschlagen? Er! Nicht wahr? Also hat er es vorher jemand erzählt, um anzugeben. Oder damit derjenige ein paar Fotos macht!"

„Paul. Das war ein grüner Junge von 17!"

„Oh nein. In dem Alter sind die heute nicht mehr grün!"

„Also ich war mit 17 noch dunkelgrün", sagte Angelos.

„Ich weiß, Du warst der unschuldige Landbub aus Rhodos!" Paul lachte.

„Der Kleinere mit den Rasta-Locken. Und der Barmann war der Gleiche!"

„Sieh mal an. Der arbeitet abends im ,Scorpio´s' – bei Papa Kostas. Sonst noch jemand?"

„Mehr fallen mir nicht ein. Bei Stefanos Liebes-erklärung war es mit meiner Konzentration vorbei."

Dieser kleine Scheißer Stefanos.

Als sie gingen, kamen sie an einem Muskel-protz mit Stiernacken vorbei.

„Blöde Schwuchteln" hörte man deutlich.

Keine zwei Sekunden – und einen Fußtritt - später flog der Klops nach hinten und knallte gegen einen Tisch. Seine Nasenlöcher kleb-ten unter dem linken Auge.

„Da bin ich ja gestern noch gut wegge-kommen!" Paul lachte.

„Im Grunde genommen habe ich Dich nur gestreichelt." Angelos grinste.

Paul war schwer beeindruckt, aber er hätte
es nicht sein dürfen. Er wusste, was Angelos
konnte. Neben Fußtritten acht Fremd-
sprachen. Sonst hätte er nicht den Job, den
er hatte. Schon wurde ihm unwohl.
Irgendwann würde es wieder soweit sein.
Angelos würde wieder in einen Einsatz
müssen. Aber diesmal hätte er ja den Flacon.
Das würde vieles leichter machen.

38

„So, heute Abend geht´s ins ‚Scorpio´s‘!"
Der angesagteste Nightclub der Insel.
„Du möchtest Dein neues Gesicht zur Schau
tragen?", fragte Angelos grinsend.
Paul gab ihm einen leichten Klaps auf die
Weichteile.
„Aua! Na warte, bis wir nach Hause
kommen!"

Sie fuhren nach Paraga und sahen schon von weitem die endlose Schlange der Autos.

„Es werden keine Unterhosen oder Küsschen verteilt!", sagte Paul ernst.

„Auch nicht an die Tanzmaus?", fragte Angelos lächelnd.

Paul schauderte beim Gedanken an den weibischen Barkeeper. In solchen Momenten fühlte er sich überhaupt nicht schwul.

„An *den* besonders nicht."

Vor dem Eingang stand Kostas, seines Zeichens Besitzer des Clubs.

„Oh je, die Kripo", sagte er.

„Hallo, Kostas! Na, wie laufen die Geschäfte?"

Er lachte.

„Schau Dir doch die Schlange an!"

Paul grinste.

„Dieses Geschäft meinte ich nicht!"

„Ich weiß nicht, was Du meinst. Ist das da hinten Dein Mann? Ich dachte, ihr seid nicht mehr zusammen? Habe ich gehört…"

„Ich weiß, dass euch das gut in den Kram passen würde. Ist aber nicht so. Euer Pech. Aber zurück zum Thema. Was machen die Drogen, Kostas?"

„Nichts. Ich habe den Verkauf eingestellt, nachdem ich das Foltervideo gesehen habe. Das weißt Du doch. Ich will nicht, dass meinen Kinder etwas passiert. Und die Botschaft war nicht misszuverstehen."

„Das dachte ich eigentlich auch. Dennoch scheint es mir so, als hätten nicht alle es begriffen. Du weißt schon noch, dass Du ein Geständnis unterschrieben hast? Gewerblicher Drogenhandel. Dieses Geständnis liegt bei mir im Safe. Ich kann es jederzeit herausholen!"

„Ich schwöre Dir, Paul, dass ich mich an die Abmachung gehalten habe!"

Kostas schien Pauls Meinung nach die Wahrheit zu sagen. Und er hat damals regelrecht gezittert, als die Drogenhändler ihm das Foltervideo mit dem vergewaltigten Mädchen schickten. Beim Gedanken an die eigenen Töchter wurde ihm derart übel, dass er sich übergab. Aber vielleicht hat dann doch die Gier gesiegt. Wäre nicht das erste Mal.

Angelos kam aus dem Getümmel.

„Kostas, wo ist Dein Sohn?"

„Der ist heute Abend in Athen. Warum?"

„Nix warum. Wo wohnt er?"

„In einem Haus neben ‚Niko´s Taverne‘!"

„Das ist keine 50 Meter vom Tatort entfernt", sagte Angelos.

„Welcher Tatort?", fragte Kostas.

„Den Schlüssel zu dem Haus, Kostas. Sofort!", sagte Paul.

„Bist Du verrückt. Hast Du einen Durch-suchungsbefehl?"

Paul lachte.

„Ich kann auch zwei beantragen. Den zweiten für hier. Und nachdem das Opfer der Enkel von Mantzaris war, glaube ich nicht, dass er zögert. Was glaubst Du, Angelos?"

„Es wird keine zehn Sekunden dauern."

„Mein Sohn ist doch kein Mörder. Was soll er mit dem kleinen Mantzaris zu tun haben? Aber gut. Ich habe einen Schlüssel hier. Methoden wie in der Diktatur", maulte Kostas.

„In der Diktatur säßen Gestalten wie Du auf einer einsamen Ägäis-Insel. Und jetzt pronto!"

Als Kostas verschwunden war, sagte Paul zu Angelos:

„Fahr bitte ins Büro und hol´ die zwei Kilo Heroin aus der Asservatenkammer!"

Angelos lachte.

„Es ist wieder Zeit für ‚Kommissar Markaris seltsame Methoden‘?"

„Auf jeden Fall!"
Paul grinste breit.

39

Stefanos Mantzaris war mehr als unwohl. Genauer gesagt, hatte er furchtbare Angst. Er betrat das Gebäude hinter der Uferpromenade.
„Hallo Kleiner!", sagte Christos, Kostas´ Sohn. Der schien übelster Laune zu sein. Aber es hatte Gott sei Dank einen anderen Grund.
„Wir haben fast kein Material mehr!"

Material. Von Drogen durfte nicht gespro-
chen werden, auch nicht von Ware.

„Die wollten heute anrufen. Aber jetzt ist es
zwei Uhr morgens! Verflucht."

Stefanos war erleichtert. Es hatte nichts mit
ihm zu tun.

Just in dem Moment, als das Telefon läutete,
hörte man draußen das Geschrei dieses
dreckigen Pelikans.

Es war der Händler, der aber nicht zu verstehen war.

„Bitte ruf in zehn Minuten noch einmal an!"

„Stefanos! Du gehst jetzt da raus und
erschießt dieses Drecksvieh! Das geht mir seit
Monaten auf den Wecker."

Christos gab Stefanos die Schrotflinte.

„Ich kann doch nicht …"

„Doch – Du kannst und wirst. Raus jetzt!"

Giorgos, der Barkeeper, kam aus dem Hinter-
zimmer.

„Er ahnt nichts oder was meinst Du?"

„Nein. Aber das wird sich gleich ändern."

Das Telefon läutete nochmal. Von draußen
war ein Schuss zu hören. Der Pelikan war
Geschichte.

Nun konnte er endlich über das Material
sprechen. Als Stefanos zurückkam, nahm

Christos ihm die Schrotflinte ab und zielte auf Stefanos.

„Was soll das?", fragte Stefanos mit aufgerissenen Augen.

Der Barkeeper hielt ihm ein Glas hin.

„Trink!"

„Was ist das?"

„Trink!" Christos hob die Schrotflinte und zielte auf Stefanos Kopf.

40

Angelos und Paul betraten das Haus von Kostas´ Sohn.

„Also auf geht´s. Wir finden bestimmt was."

Sie durchstöberten das Erdgeschoss. Tütchen und ein bisschen Kokain in einem Zimmer, das hinter einem Schrank lag. Bei einem solchen Zimmer ist es immer zu empfehlen, die Verkleidung – in diesem Fall den Schrank –

immer an dieselbe Stelle zu stellen. Sonst kann man am Boden oder an den Rändern an der Wand erkennen, dass etwas nicht stimmt.

„Das ist zu wenig, Angelos. Leg´ die zwei Kilo dazu."

Angelos lächelte. „Gauner!"

Dann gingen sie ins obere Stockwerk.

„Paul! Komm her! Das glaubst Du nicht!"

Als Paul in das andere Zimmer kam, traf ihn fast der Schlag.

An einer Pinnwand hingen lauter Fotos von Angelos. Angelos und Stefanos im „Burro´s", Stefanos vor der Haustür in Kalafati.

„Noch Fragen, Angelos?"

Der war vollkommen perplex.

„Du hattest auch da recht. Der kleine Scheißer!"

„Ich sag doch! Die 17-jährigen sind heute so abgebrüht wie früher die Alten", sagte Paul.

„Aber was sollte das?", fragte Angelos.

„Sei doch nicht naiv. Streit zwischen uns bedeutet freie Bahn für die Herren. Hätte ja auch beinahe funktioniert!"

„Hätte es nicht, Herrgott!", sagte Angelos sauer.

„In deren Augen, Angelos. Nicht von Deiner Seite. Du warst lediglich zu …"

„Naiv?"

„Vertrauensselig!"

„Darauf können wir uns einigen", meinte Angelos.

Sie hörten Geräusche von der Straße.

„Lichter aus und runter zur Türe. Hast Du Deine Waffe?"

„Klar" sagte Angelos.

41

Als Christos das Haus betrat, machte Angelos das Licht an.

„Hallo, Christos!", sagte Paul.

Der versuchte zu flüchten, aber Angelos stellte ihm ein Bein. So knallte er gegen den Türrahmen. Im Schwitzkasten schaffte

Angelos ihn zu einem Stuhl und fesselte ihn
mit Handschellen an die Stuhllehne.
„Was soll das? Durchsuchungsbefehl!"
Angelos schlug ihn mitten ins Gesicht.
„Du blöde Schwuchtel!"
Und so gab es noch einen Nachschlag.
„So, Christos. Die ganze Geschichte!"
„Aber die bringen mich um!"
„So wie Du Stefanos, nicht wahr?", fragte
Paul.
„Der kleine Scheißer!", fluchte Christos.
„Also?"
„Als mein Vater das Geschäft aufgab,
dachten wir uns, dass das die reine
Verschwendung war. Das Zeug war so gut,
dass man es unheimlich strecken konnte. Der
Profit war riesig!"
„Und die Händler von unglaublicher Bruta-
lität", sagte Angelos.
Christos grinste dreckig.
„Ich wünschte, sie hätten Dich in Bengasi
erledigt! Wenigstens hat es für ein Ei
gereicht!"
Diesmal war es Paul, der zuschlug.
„Wie wollt ihr dem Richter meine
Verletzungen erklären?"

„Ich glaube nicht, dass wir irgendetwas erklären müssen. Beim Mörder seines Enkels wird Mantzaris weniger genau hinschauen. Ihr – also der Barkeeper und Du – habt also das Geschäft wieder aufgenommen?"

„Ja – und es lief brillant. Die anderen waren ja vor lauter Angst aus dem Spiel."

„Und was sollte die Bildergalerie von Angelos oben?"

Trotz der Schläge ins Gesicht grinste Christos, wenn auch schief.

„Na ja, jeder auf der Insel weiß doch, dass der Herr Kommissar apportiert, wenn der Jüngling das Stöckchen wirft!"

„Du Dreckskerl!" Angelos stürzte sich auf Christos, der Stuhl kippte nach hinten und Angelos begann ihn zu würgen.

„Hör auf", schrie Paul.

„Der ist ja irre", lispelte Christos, denn ihm fehlten einige Zähne.

„Der kleine Scheißer hat uns erzählt, er hätte was mit dem da. Das wäre uns natürlich recht gewesen. Er erzählte uns von dem Date im ‚Burro´s'!"

„Das war kein Date", brüllte Angelos.

„Schlechtes Gewissen?", sagte Christos.

„ANGELOS! Ruhig!"

„Aber dort haben wir gesehen, dass da gar nichts ist. Stefanos hat nur gelabert, angegeben."

„Und was hatte Stefanos mit den Drogen zu tun?"

Christos lachte.

„Er war unser bester Straßenhändler!"

Au weia. Das wäre ein herber Schlag für Richter Mantzaris – und die keifende Mutter. Aber dann kam der richtige Hammer.

„Und seine Mutter war auch recht fleißig!"

„WAS?"

„Kaum zu glauben. Um die vierzig und Drogenhändlerin. Kommt keiner drauf!"

Paul und Angelos schauten sich an.

„Von euch hatte sie das Foto aus dem ‚Burro's' mit dem angeblichen Kuss!"

„Ja, es war ein letzter Versuch. Beinahe erfolgreich. Meines Wissens gab es eine Prügelei auf dem Parkplatz. Oder warum haben Sie ein Veilchen, Herr Kommissar? Auch wenn es schön verkleidet ist!"

„Es gab keine Schlägerei", sagte Angelos.

„So? Wir haben aber ein Foto. Hängt auch oben! Guter Schlag! Nur leider zu wenig!"

„ANGELOS! Ruhig!"

„Und was hat die Mutter damit zu tun?"

„Sie ist die Chefin des Housekeeping im ‚Apollo‘. Sie kontrolliert die Zimmer und kann dabei gleich ausliefern. Zimmer gemacht, Lieferung da – was will man mehr als Gast?" Christos war sichtlich stolz auf sein „Unternehmen.

„Und warum musste der kleine Sch .., äh, Stefanos, sterben?", fragte Paul.

„Der kleine Scheißer? Doch ein wenig eifersüchtig gewesen?"

Paul sagte nichts.

„Er hat auf eigene Rechnung gearbeitet. Mehr verkauft als abgerechnet. Das konnten wir nicht dulden!"

„Und Dein Vater?"

„Hat nichts damit zu tun!"

Was Paul auch glaubte.

„Und als Warnung an seine Mutter haben wir die Leiche zu ihm nach Hause geschafft und im Schuppen aufgehängt. Dabei hat der Arsch mich auch noch angepisst!"

Angelos schlug noch einmal zu.

Noch immer grinste Christos.

„Och. Doch ein bisschen verliebt gewesen?"

„ANGELOS! Geh raus! Bitte!"

Wutschnaubend ging Angelos aus dem Haus.

„So. Hoffen wir mal, dass der Arm der Händler bis ins Gefängnis reicht. Dann wirst Du erstmal der Liebling von zwanzig Mithäftlingen. Und nach der fünfzigsten Vergewaltigung werden sie Dich schön langsam zerschnippeln", sagte Paul.

„Und von mir bekommen sie die Schlüssel!"

Als sie Christos in die Zelle gebracht hatten, fuhren sie zum „Scorpio´s" und kassierten den Barkeeper ein.

Kostas tobte zuerst, bis er begriff, dass sein Sohn auch ihn beinahe in den Abgrund gerissen hätte,

„Er war schon immer ein Taugenichts. Gott sei Dank bleiben mir die Töchter."

Nach einer kurzen Pause sagte er:

„Danke, Paul, dass Du mich raushältst. Ich wusste wirklich nichts."

Paul und Angelos fuhren nach Hause.

Angelos bedrückte etwas.

„Was ist, Großer?"

„Ist es wirklich so, dass Du springst, wenn ich ein Stöckchen werfe? Ist das der Eindruck, den die Leute haben?

„Das mag schon sein. Es ist mir aber mittlerweile egal. Ich weiß, dass es nicht so ist!

Und zum letzten Mal: den Schlag hatte ich
verdient. Vor allem weiß ich jetzt, dass ich Dir
nur einen Vorwurf machen könnte: dass Du
ein wenig naiv warst! Ist mir auch schon
passiert!"
Mitten in der Steilkurve vor Ano Mera küsste
Angelos Paul auf die linke Backe.
„Willst Du uns umbringen?"

42

„Paul!" Angelos rief von unten und schien sich
totzulachen.
„Wir haben eine Einladung erhalten! ‚Zur
Einweihung des neuen Pelikans'. Welcher
Idiot verfasst denn solche Texte? Wie kann
man ein Tier einweihen?"

„Das passiert dann, wenn Primaten – also die Bürger – einen der ihren ins Bürgermeisteramt wählen."

Paul las die Einladung und schüttelte den Kopf.

„Es gibt zwei Worte, die ich nie mehr hören will: Stefanos und Pelikan!"

„Dann sollen sie das arme Tier alleine einweihen", sagte Angelos.

„Nun. Was möchte mein Ehemann jetzt machen? Wir haben gegessen, wir könnten.. Aber ich vergaß. Mein Paul ist zwar im Gesicht 29, aber der Rest ist so alt wie vorher, also fällt Sex aus!"

Es flog eine Espresso-Tasse durch den Raum.

33 Minuten später lag ein vollkommen erschöpfter Angelos im Bett auf dem Bauch.

„Hatte ich schon erwähnt, dass ich mich scheiden lasse, wenn das so weitergeht? Ich bin mit 40 ein Wrack. Sag mal, blute ich am Rücken?"

„Äh, da sind ein paar Kratzer", sagte Paul.

Es waren heftige Kratzer und zwei bluteten tatsächlich.

„Und kann es sein, dass Du mich gebissen hast?", fragte Angelos.

„Ich bitte um Nachsicht. Das Parfum und der Echtgeruch sind eine Überdosis. Schlimm?"
Angelos lachte.
„Überhaupt nicht. Ich habe mir letzte Woche schon überlegt, ob wir uns nicht eine Reitgerte oder Peitsche anschaffen sollten?"
„Hm. Aber Ledermaske ziehe ich keine an!"
„Angst, dass das Lifting nach unten klappt?"
„Na warte …"

43

Als der neue Pelikan mit großem Getöse auf der Insel begrüßt wurde, stellte sich schnell heraus, dass der Nachfolger mindestens so garstig war wie sein Vorgänger.

Kaum aus dem Käfig draußen, raste „Petros II" auf den Bürgermeister zu und hackte ihm in das Bein.

„Drecksvieh", murmelte Sokrates, ohne zu bemerken, dass das Mikrofon eingeschaltet war.

Die Menge auf der Uferpromenade lachte.

Zwei Tage später war der Pelikan weg.

Und kam nie wieder.

GRIECHISCHE BRANDUNG

Der Mykonos-Krimi 1

Es waren noch zehn Meter, zehn endlose Meter.

Hinter sich hörte er heftiges Schnaufen.
Sie kamen näher.
Als er den Hof erreicht hatte, packte ihn eine
Hand am Hemdkragen. Er kam nicht mehr voran.
Fünf Meter vor dem Ziel.
Plötzlich spürte er einen furchtbaren Schlag von
vorne.

Und er hörte ein Krachen. Nein, er hörte und
SPÜRTE ein Krachen.

In der Regel lautet bei einem Mord die
entscheidende Frage: Wer ist der Mörder?
Nicht so im vorliegenden Fall. Kommissar Paul
Pandis von der Inselpolizei Mykonos quält
zunächst ein anderes Problem: Wer ist das Opfer?
Als er es endlich herausfindet, ist ihm klar, dass
dies keine normale Ermittlung wird.

JENSEITS VON
MYKONOS

Der Mykonos-Krimi 2

Es war vorbei.
Seine Füße begannen zu versagen.

Immer wieder Wasser. Salzwasser. Es rann die
Speiseröhre hinunter und brannte im Magen.
Sehen konnte er auch nicht mehr viel. Das
Salz brannte auch in den Augen.
Er merkte, dass er immer öfter unterging.
Wer hat mich verraten? WER?
Dann kam die Erkenntnis: Es ist egal. Denn Du
bist tot.

Kommissar Paul Pandis steht ratlos in einer
Kunstgalerie.
Auf einer Skulptur, einem blauen Stier, hängt
eine Leiche, der Galeriebesitzer.
Und der war 94 Jahre alt.
Schnell ist Pandis klar, dass hier die
Vergangenheit ihre Schatten wirft.

MYKONOS LOVE STORY 1

Die brennende Gestalt taumelte und fiel mit einem Zischen zu Boden.
Ein letztes Stöhnen und es war vorbei.

Kommissar Paul Pandis steht vor einem Rätsel. Ein gewöhnlicher Buschbrand entpuppt sich als Doppelmord.

Doch Pandis hat noch ein Problem:
Er hat sich verliebt. In seinen Kollegen Angelos. Ein Coming-Out mit 53!
Sein Leben wird zur Achterbahn, aber auch zur glücklichsten Zeit seines Lebens.

MYKONOS LOVE STORY 2
PREQUEL 1

High Society wie die Kunstwelt blicken nach Mykonos. Ein bisher verschollen geglaubtes Zaren-Ei soll auf der Insel ausgestellt werden. Ein Sicherheits-Alptraum für Kommissar Paul Pandis.
Dennoch: zumindest keine Mordermittlung. Zunächst.
Dann wird auf einer Yacht eine weibliche Leiche gefunden.
Es ist Pandis´ Ex-Frau.
Und die war zuvor wenig begeistert davon, dass Pandis nun mit einem Mann verheiratet ist.

MYKONOS LOVE STORY 3
Morgenröte über Mykonos

Er lag mit dem Rücken auf etwas und war gefesselt. Was war hier los?

Ich bin doch nur ein Tourist?
Es muss ein Missverständnis sein.
Er konnte sich nur an einen Schlag erinnern.
Dann das große Nichts. Er hörte Schritte.
Chrysi Avgi, es lebe die Goldene Morgenröte!"
Dann hielt einer der Männer seinen Kopf hoch.
Der Andere rammte ihm zwei dünne, orthodoxe
Gebetskerzen in die Nase.

Kommissar Pandis und die ganze Insel sind
fassungslos angesichts zweier brutaler Morde. Die
Spur führt ihn zur „Goldenen Morgenröte", einer
rechten Splitterpartei. Und für Pandis und seinen
jungen Ehemann Angelos wird es richtig
gefährlich, denn als Schwule sind sie das
„Hassobjekt No.1"!

MYKONOS LOVE STORY 4

Gas Gas, Gas!
Der Motor röhrte.
Die Reifen qualmten.
Dann bekamen sie Grip.

Der Ferrari wurde immer schneller.
Passierte das Ortsschild.
Vor ihm der große Kreisverkehr.

Pedal, kein Druck, Erstaunen.
Pedal, kein Druck, Panik.
Dann flog er über das Geländer und krachte in das Denkmal.
8 Min 42 Sekunden von Ano Mera.
Das war neuer Rekord. Es war sein letzter.

Kommissar Paul Pandis und Ehemann Angelos halten es zunächst für einen Verkehrsunfall. Das Unangenehme: Das Opfer ist der Sohn des Bürgermeisters. Doch der Wagen war gestohlen. Und es Ist beileibe nicht der erste verschwundene Ferrari auf der Luxus-Insel.
 Und eine weitere schwere Prüfung steht Pandis bevor: Angelos´ Eltern kommen zu Besuch

MYKONOS LOVE STORY 5
Rape - Vergewaltigung

Angelos ertappt Paul bei einem vermeintlichen Seitensprung –

ausgerechnet mit seinem Bruder Christos – und verlässt Paul.
Als sich herausstellt, dass sie Opfer einer Intrige wurden, wird Angelos´ Bruder tot aufgefunden.

Und Angelos wird als mutmaßlicher Mörder verhaftet. Ein sehr persönlicher Fall für Kommissar Paul Markaris, (früher Pandis), in dessen Verlauf er selber zum Opfer wird – einer Vergewaltigung.

MYKONOS LOVE STORY 6
Der rosa Leopard

Die beiden schwulen Ermittler Paul und Angelos nehmen die ersten Anzeichen nicht ernst. Doch als immer mehr Partygäste auf Mykonos Opfer einer neuen Superdroge werden, kommen sie den Händlern schnell auf die Spur. Problem: Es sind Libyer von unvorstellbarer Brutalität.

Zuvor muss das Ehepaar Markaris noch eine weit schlimmere Klippe meistern: nach einem Einsatz in Athen - bei einer Geiselnahme -begeht Angelos einen Seitensprung – mit einer Frau. Das große Glück scheint vorbei.

Die Rückkehr der Leoparden

Noch immer sind Paul und Angelos, die beiden schwulen Ermittler aus Mykonos, hinter den libyschen Drogenhändlern her, die die Insel mit einer neuen Substanz

überschwemmen. Und mit Folterdrohungen ganz Mykonos in Angst und Schrecken versetzen.
Doch dann wird Angelos entführt und gefoltert.

Als sich Paul auf die Suche begeben will, geschieht auf Mykonos ein Mord auf einem Kreuzfahrtschiff.
Was hat Priorität für Kommissar Markaris? Natürlich sein Mann …

MYKONOS LOVE STORY 8

Crash – Absturz!

Beim Landeanflug auf Mykonos zerschellt ein Airbus. Ein Horror für Kommissar Paul Markaris und seinen Ehemann Angelos, denn wie sollen zwei Ermittler und drei Inselpolizisten eine solche Katastrophe bewältigen? Zumal im Laufe der Untersuchungen klar wird: es war kein Unfall.

Auch privat geht es bei den beiden turbulent zu: Angelos stürzt – Verdacht auf Schädel-Hirn-Trauma.

Hinweise

OPKE ist die Spezialeinheit der griechischen Polizei.

In Griechenland unterstehen Polizei und Geheimdienst dem Militär.

Der erste Pelikan kam 1956 auf die Insel. Sein Nachfolger kommt aus dem Tierpark in Hamburg. Aktuell gibt es zwei Pelikane auf Mykonos.